ダッシュエックス文庫

異世界でダークエルフ嫁とゆるく営む暗黒大陸開拓記

斧名田マニマニ

第一話 ✦ 今日で勇者は引退します

「こないだ倒した魔王で十人目。きりもいいし、勇者業は今日で引退させてくれ。俺はスローライフで、第二の人生を謳歌《おうか》したいんだ」

六〇〇年間、俺が望んできたこと。
それを伝えた瞬間、異世界の王たちは、ぎょっとした表情で固まった。
しーんと静まり返った、ミズガルズ国『円卓の間』――。
俺がこの異世界に転生して以来、たびたび足を運んできた場所だ。
ここで魔王軍殲滅《せんめつ》のための軍事会議が、何度も開かれた。
そして今回話し合われる議題は、勇者の進退について。
勇者とは――、つまり俺だ。
「ま、待たれよ勇者……！　お主《ぬし》以外、誰がこの世界を守れるというのか……！」

円卓についている王たちの中、声を上げたのは最年少である北寒国《ほっかんこく》の王だった。

北寒国の王は、冗談じゃないという顔をしている。

彼はいつも誰より先に口を開き、感情をそのまま顔に出す。

俺は北寒国の王の若々しい無鉄砲さが、意外と嫌いじゃなかった。

「だいたい急に聞き入れられるわけがない！　勇者が⁉　引退だと⁉　そんなありえない話‼」

もしかして、あっさり会議終了とはいかないのだろうか。

魔王も倒したし、この世界はしばらくの間、安泰《あんたい》だと思ったんだけどな……。

「勇者が去ったら、だれがこの世界を守るというのだ⁉」

「そこはみなさんで力を合わせて……」

「無理に決まっているだろう……⁉」

「うーん……」

確かに俺は、凶悪な魔王たちから、何度も彼らの国を救ってきた。

便利な護衛がいきなり辞《や》めるとか言いだしたら、戸惑《とまど》うのも無理はない。

けれど、六〇〇年間持ち続けた夢なんだ。

のんびりとした広い土地に家を建て、自分で土を耕《たがや》す。

太陽の恵みを受けた作物を育てる。

自然の中で生きるのは、生易《なまやさ》しいことじゃないとは思う。

でも草木の匂《にお》いがする空気を、胸いっぱいに吸い込んで生きたい。

戦って何かを壊すより、細々とでもいい、生産性のある暮らしがしたいんだ。

だいたいもう俺六〇〇歳だから。

おじいちゃんだから。

いくら見た目が十代のまま年を取らないといったって。

心は結構疲れてる。

六〇〇年の間、いろんなことがあったしなー……。

前線から退《しりぞ》き、のんびり生活したいって思っても、罰は当たらないはずだ。

「……あのさ、時期としては申し分ないだろう？　魔王はつい先日倒したばかりだ。これまでのパターンからいって、新たな魔王が決起するのは早くても五〇年後。備えるだけの時間は十分にあるはずだ」

「しかし……！」

本当は、王たちにもスローライフの魅力を伝えて、理解を得たいところだ。

でも俺は弁舌《べんぜつ》が立つタイプではない。

だからせめて、自分の気持ちを正直に話そうと思う。

「俺が勇者になって六〇〇年。魔王退治の傍《かたわ》ら、育成してきた騎士団もずいぶん立派になった。あの騎士団なら、俺がいなくても上手《うま》くやるよ」

「騎士団の力は認めよう……。だが六〇〇年鍛え続けてきたそなたと、せいぜい数十年の経験しかない騎士団員たち。比べるまでもない！　天と地の差があるではないか……！」

唾《つば》を飛ばして声を荒らげたあと、北寒国の王は円卓をダンッと叩いた。

怒らせてしまった……。

白いおでこに青筋が立っている。

ただでさえ王という立場は、心労が多いのに。

俺のことでこんなに激昂《げっこう》させているのが忍びなくて、申し訳なさが募《つの》る。

「北寒国の王、とりあえず落ち着いて話そうか……」

「六〇〇年鍛えた人間と、数年しか鍛えていない人間に違いはないと、そなたは考えているのか⁉　数年と六〇〇年に‼　差はないと⁉」

だめだ。

全然聞いていない……。

北寒国の王は、怒濤《どとう》の勢いで叫んでいる。

「えーと……人間、六〇〇年くらいじゃそんなに変わらな……」

「人間が六〇〇年で何世代を引き継いでいくと思っている⁉　第一もっと明確な差があるではないか！　騎士は死ぬ。しかしそなたは死なない。不死の勇者よ！　人間の騎士が何千人集まろうが、そなたの代わりになどなるわけがない！」

「そんなことは……」

「考え直すのだ‼」

「……」

まいった。

やっぱり夜逃げして、姿を消すべきだっただろうか。

なるべくなら、不義理な真似はしたくなかったんだけどな……。

「やれやれ……。少し落ち着かれよ、北寒国の若き王」

かなりしつこく食い下がる北寒国の王を、ミズガルズの王が片手を上げて制してくれた。

「確かに、勇者が現れてすでに六〇〇年。本来は二〇〇年の間だけ、手を借りる話だった……。その約束をたびたび延長させ、三倍もの時間、われらが引き止めてしもうたのは事実だ。――すまなかったな、勇者よ」

「いや、それはいいんだ」

とりあえず話を聞いてくれる意思を感じて、ホッとなった。

さすがミズガルズの王。

何世代にもわたって円卓を取り仕切り続けた大国の王だけはある。

――六〇〇年前。

地球の日本の東京の道路で、事故死した当時高校生の俺は、神様のきまぐれで異世界へ転生させられることになった。

『君には異能力と永遠の命をあげるよ。その代わり、今あっちの世界、魔王が大暴れで大変だからざっと二〇〇年ぐらい守ってね！』と命じられた。

俺は約束の三倍の時間、世界を守り続けたし、一応の義理は果たせたのではないかと思っている。

「時に勇者よ、お主が望んでおる『すろぉらいふ』とはいったいどのようなものか？」

ああ、そうか。

スローライフは、あっちの世界の言葉だった。

「えーと……スローライフはつまり、まったり自給自足をしたり、のんびり開拓をしたり。時間に追われずゆるく生活するという意味だ。王都みたいな都会ではなく、田舎でさ」

「新天地での暮らしを、望んでおるということか？」

「そうだ」

俺はきっぱりとした口調で答えた。

とにかくゆっくり暮らしたい。

王都の喧騒から離れて、未開の地に引っ込んで。

罠《わな》の作り方を工夫して狩りをしたり。

自分で編んだハンモックで昼寝をしたり。

山や森を散策して、そこで綺麗な湖なんかを見つけて、水浴びをするついでに泳いだり。

釣りをしたり……。

こうして想像しただけで、胸の鼓動が高鳴るのを感じた。

「そなたの意志は揺るぎないのか」

「ああ」

ミズガルズの王は返事の代わりに唸《うな》り声を響かせ、口を噤《つぐ》んだ。

とりあえず俺の意志が固いことは、ミズガルズの王に伝わっただろう。


その後、俺はいったん、円卓の間から出され、王たちのみで話し合いが行われることになった。

呼び戻されたのは、夕刻になってから。

総意としてミズガルズの王が俺に告げた言葉は、以下のとおり。

「我々『円卓の十二王』は、勇者が新天地に移ることを許可する！」

「本当か……！」

俺がぱっと顔を上げると、「勇者の目が、あんなに輝いているところは初めて見た……」と王たちがざわついた。

実際、こんなに興奮するのは、何百年ぶりだろうか。

剣じゃなく、鍬《くわ》や釣竿を握って、気の向くままに生活できる。

俺がもう四〇〇歳若かったら、この場で飛び上がっていたかもしれない。

「だが勇者、それにはただ一つ条件がある」

「条件？」

「お主が移り住む地は『暗黒大陸』にしてもらいたい。そして領主として、彼《か》の地を治めるのじゃ」

なるほど、暗黒大陸か……。

南東の果てにある暗黒大陸は、多くの魔族が暮らしているため、人間はいっさい足を踏み入れない。

俺が戦った十人の魔王のうち、九人が暗黒大陸出身だった。

神官の予言によると、次の魔王も暗黒大陸から誕生すると言われている。

だから俺を送り込んで、万が一の時には対処させたいのだろう。

けれどそれくらい、これから生活する場所を守るためだと思えばなんてことはない。

あの地には人間界で見られない生き物や植物が山ほどあると、以前剣を交えた魔族が言っていた。

いったいどんな動物が住んでいるんだろう。

お伽噺《とぎばなし》に出てくるような魔物もいるに違いない。

そいつらとは仲良くやれるだろうか。

人間界はもうすぐ春だが、暗黒大陸にはいったいどういう花が咲くんだ？

考えるほどに、未知の世界への好奇心が湧《わ》いてきた。


翌日の早朝――。

俺はミズガルズの王から譲り受けた船に乗り、暗黒大陸を目指して旅立った。

南東からは湿り気を帯びた向かい風が吹いている。

暗黒大陸から運ばれてきた風だ。

そう思うと、なんだかこの風に異国の香りが混じっているような気がしてきた。

ああ、わくわくするな……。

彼の地で、俺はどんなふうに暮らして、どんな出来事に出あうんだろう。

行く手に広がるのは、美しく青い海。

この海は、目指す場所、暗黒大陸へと繋がっている。

そんな事実に胸を躍《おど》らせて、俺はまだ見ぬ大陸に思いをはせるのだった——。

◇◇◇

——勇者が出立してから数カ月後の暗黒大陸、魔王城。

悪《あ》しき王が総《す》べるその城では、少女の影が、魔王の御前《ごぜん》に跪《ひざまず》いていた。

「お父上。では、ついに、勇者を迎え撃つ時が来たのじゃな！」

「その通りだ、いとしき娘よ。……偵察の鳥どもより報《しら》せが参った。やつはいま、船でこちらへと向かっておる」

「このときを、わらわがどれほど待ちわびたことか！」

姫による魔王への謁見《えっけん》を、異形《いぎょう》の者たちが固唾《かたず》を呑んで見守る。

「楽しみで胸の高鳴りが止まりませぬ。必ずやこのシャルロッテ、務めを果たしてみせましょう！」

「期待しておるぞ。あの者の心臓を射抜《いぬ》き、そなたの手中におさめるのだ」

「お任《まか》せください、お父上」

姫は、可憐《かれん》なくちびるでくすりと微笑んだ。

「魔王さま、万歳！　姫さま、万歳！」

異形の者たちが、緑色の拳を掲《かか》げる。

暗黒大陸に響き渡るほどの勝鬨《かちどき》は、まだ元勇者の耳には届かない——……。

第二話　元勇者、暗黒大陸に到着する

俺を乗せたキャラック船は、数多《あまた》の海域を越えて、ぐんぐんと進んでいった。

途中、嵐や怪鳥の襲撃、海賊船長の後継者争いなんかに巻き込まれつつも、おおむね順調な船旅だったと思う。

ああ、でも、海賊船の新船長に祭り上げられそうになったときだけは、さすがに焦《あせ》ったな……。

最終的には現船長の娘を俺が推薦し、「女に後継者など務まらない」と喚《わめ》いた数名の反乱鎮圧に手を貸したことで、なんとか問題の片はついた。

彼女に求婚された時には、どうしようかと思ったが……。

そんなこんなで、いろいろあった航海も、ようやく終わりを迎える時がきた。

出発から二〇〇日目――。

「勇者様、暗黒大陸の近海に入りましたよ！」

「おっ。ついに辿《たど》り着いたんだな！」

甲板《かんぱん》に座っていた俺は、勢いよく立ち上がり、水先案内人の隣へ向かった。

「あの靄《もや》が目印なんです」

水先案内人は、海の向こうに立ちはだかる淀《よど》みを指さしていた。

ものすごい勢いで水面からモクモクと湧《わ》き立つ、コバルトグリーン色の靄だ。

「なんだあれは？」

「この辺りの海流に湧き立つガスです。毒性はないらしいんですが、なんとも嫌な色ですねぇ……」

キャラック船は、吸い込まれるかのように、淀みの中へ飲み込まれていった。

気づけば船が浮かぶ海面も、毒々しい紫色に染まっている。

辺り一帯を覆《おお》う淀んだ靄のせいで、視界がどんどん悪くなっていく。

目的地である暗黒大陸の、シルエットさえ見えない。

その時、唐突に雷鳴が鳴り響いた。

「ひいっ」

暗雲から走る稲光を見上げて、水先案内人が肩を竦《すく》ませる。

「ゆ、勇者様……本当にあそこに行くんですか？　俺も金はもらいましたけど……でも考え直したほうがいいんじゃ……」

「これだとよく見えないな……」

「へえっ？」

「――大地を包む虚無の風」

俺は指先に力を流し込んだ。

風魔法の呪文を詠唱《えいしょう》し始めると、魔力の集中した指先に熱が宿るのを感じた。

空気の中に、静電気のようなピリピリしたエネルギーが混ざる。

「我の求めに従い、今、此《こ》の地に吹き荒《すさ》べ――『疾風神《エウロス》』！」

詠唱が終わると同時に、俺はパチンと指を鳴らした。

その瞬間、吹き上がった突風とともに、暗黒大陸を覆う靄がかき消された。

「うわわっ！」

隣で水先案内人が腰を抜かしている。

俺は彼に手を貸しながら、目の前に現れた大陸を振り返った。

「ようやく姿を見せたな……」

靄の間から覗《のぞ》いたのは、そそり立つような岸壁だ。

岩肌は剣先のように尖《とが》っていて、紫色の波がそこにぶつかる。

やけに大きな鳥が飛んでいると思ったら、その上半身は人間の女。

姿を現したのは、獰猛《どうもう》で食欲旺盛《おうせい》な怪鳥、ハーピィだった。

だが、せっかく払った靄も、すぐにまた濃度を増していく。

それだけ海面と空気に、温度差があるのだろう。

「あれが暗黒大陸か……」

外観を見ただけでも、ここが今まで暮らしていた大陸とは、まったく異なる地だということを痛感する。

そんな現実を前にして……。

「ゆ、勇者様……」

「どこから散策しようかな……！」

「え⁉」

──俺は、めちゃくちゃわくわくしていた。

「きっと見たことのない生き物や植物が、山ほど棲息《せいそく》しているんだろうなぁ」

ハーピィだって、人間界にはめったに現れない魔物だし。

この紫の海も、泳いだりできるんだろうか？

魚がいるかも興味があるな。

どうせなら、食べられる魚がいい。

まあ不死身の俺は、毒素のある魚を食べても腹を壊すとか、吐いて寝込む程度だけれど。

とにかく散策をするのがめちゃくちゃ楽しみだ。

なんなら博物学者として過ごすという手もある。

俺が神様からもらったうちのひとつ……『例の』スキルも活《い》かせるしな。

気になるところに行って、気になるものを見て……。

採集日記をつけるのはどうだろうか。

文章は苦手だから、スケッチでもいい。

「しまった。採集瓶でも持ってくるんだったな」

まるで冒険家になったような気がしてきて、胸が高鳴る。

本当は勇者じゃなくて、ずっとそういう暮らしに憧《あこが》れていたんだ。

この世界に転生したてのころを思い出すなぁ……。

見るものすべてに感動して、とにかく大興奮の日々だった。

もともとあっちの世界の俺は、ファンタジー系のゲームや小説が大好きだったから、神様に転生の説明を受けた時は、死んだことにがっかりするより、喜びのほうが断然、大きかった。

宝くじに当たったみたいな感覚で、はしゃいだものだ。

そんな俺を尻目《しりめ》に、酒場で会ったときは元気いっぱいだった水先案内人は、萎《しお》れたように口を開いた。

「あのー……すんません……。オレがお供できるのはここまでってことで……。小舟を降ろしますんで、あとは自力でお願いします」

「あんたも上陸して、少し散策を楽しんでいけばいいじゃないか」

「へっ……？」

「せっかくここまで来たんだ。焦って戻らなくても……」

暗黒大陸に近づく機会なんて、滅多《めった》にない。

ましてや上陸する人間は、俺たちが初めてかもしれないんだ。

彼には、誰も船を出してくれないなか、唯一《ゆいいつ》名乗りを上げてくれた恩がある。

まだ幼い子供が五人もいて、お金がかかるんだと言っていたし。

子供たちにも、いい土産話《みやげばなし》になるんじゃないだろうか。

そう考えて気を遣《つか》ったつもりだった。

ところが水先案内人は、喜ぶどころかサアッと顔を青ざめさせた。

「イヤイヤイヤ！　勇者様もご冗談が過ぎますって！　最凶の魔物どもがウジャウジャ跋扈《ばっこ》する暗黒大陸に降り立つなんて、そんなこと考えるのは勇者様ぐらいですよ！」

「すまない、俺は勇者じゃなくて元勇者なんだけど……」

そんなやりとりを交わしていたとき……。

高波の音とともに、水先案内人の上に暗い影が落ちた。

靄の中からゆっくりと姿を現したシルエット。

これは、もしかして……。

「元勇者様。オレは魔物が現れる前に、ちゃっちゃと帰らせてもらいます」

「……すごい……」

「へ？」

振り返った水先案内人は、声にならない叫びを上げて尻餅《しりもち》をついた。

「ヒッギャアァッ……‼」

どうやら再び、腰を抜かしてしまったみたいだ。

うんうん、わかるぞ。

こんな幸運に出あえるなんて、びっくりだよな。

「なななつっ……なんだぁッ⁉　あれはッ……⁉」

震えた腕で、水先案内人が指し示した先には、城ほどの大きさをした、見たこともない巨大な怪物の姿があった。

怪物はこの船目掛けて迫りくるところだ。

俺はテンションが上がっていくのを感じながら、腕まくりをした。

「さっそく初めて見る生き物に巡り会えるとはな」

「勇者様……！　なんでそんなに落ち着いてるんですかッ‼　このままじゃ船ごと木《こ》っ端微塵《ぱみじん》にされてしまいますッ‼　あああ、お、お助けをぉぉッ……‼」

そう見えるかもしれないが、落ち着いてはいない。

これでもかなり興奮している。

「安心しろ、水先案内人。お前の船を壊させたりはしないよ」

とはいえ、本当なら戦いは避けたかったな。

今回の目的は戦闘じゃなくて、共存と観察だったんだ。

なんとか殺さずにいきたいところだけど、向こうに敵意があるからには難しいだろうか？

水しぶきの間から時折見える下半身は、鯨《くじら》とよく似ているが、胴体の先についた頭はドーベルマンそっくりだった。

威嚇《いかく》するように歯を剝《む》き出しにした口からは、赤く長い蛇のような舌が飛び出している。

やっぱり暗黒大陸は興味深い。

俺は化け物に向かって手のひらをかざすと、「スキャン」と呟《つぶや》いた。

俺にしか見えない半透明のグラフィックが宙に現れ、目の前にいる化け物の情報をすぐさま呈示してきた。

これが転生時、不老不死とともに神からもらった能力。

『全知鑑定スキル』だ。

全知というだけあって、このスキルを使えば調べられないものは何もない。

初めて見る化け物の名前も、その弱点も。

この怪物の名前は、『ケートス』。

海獣類破壊科のモンスターで、水属性の生き物だ。

そして弱点は……『ひっくり返すと、驚いて気絶する。一度気絶すれば半日意識を取り戻さない』か。

よかった。

気絶してくれるなら、何も殺す必要はない。

「勇者様‼　ヤツが来ますッ……‼」

「わかっている。俺に任《まか》せろ」

背負っていた剣を抜き、柄《つか》の部分を上にした状態で構える。

タンッタンッと二度ほどステップを踏み、弾《はず》みをつけた俺は、甲板から飛び立った。

唸《うな》り声を上げたケートスの尾ひれが、勢いよく俺に向かって振り下ろされる。
なるほど、こういう動きをするのか。
興味深い。
だけど、悪いが遅い。
尾ひれをあえて直前でかわした俺は、逆にその上へ飛び移った。
忌々《いまいま》しそうに唸ったケートスが、俺を振り落とそうと躍起《やっき》になる。
ケートスの尾ひれは、苔《こけ》むしていてツルツルと滑り、バランスが取りにくい。
おっと。
気を抜くと海に落とされるな。
でも面白い。
腰を低く落とし、落下しないように粘る。
ケートスはムキになって尾を振り回し続けている。
尾が奴の顎《あご》の下に限りなく近づいた瞬間、俺はその場所を目掛けてジャンプした。
剣の柄がケートスの顎に、ドゴッと音を立てて当たる手応《てごた》え。
だが、まだだ。
さらに力を込め、顎の下から奴の体を持ち上げる。

ザバーンッ。

激しい波しぶきを立て、ケートスの体が仰向けに海上へ倒れ込んだ。

奴の腹の上に、俺もストンと着地する。

ケートスは微動だにしない。

気絶しているのを確認した俺は、剣を鞘《さや》に戻し、キャラック船に飛び移った。


「……強《つえ》え」

水先案内人が、ごくりと喉《のど》を鳴らす。

「強すぎるッ……！　さすが勇者様だ……‼」

「いや『元勇者』だ」

大事なところなので、もう一度訂正した。

今の俺は、魔物や魔族を殺す勇者じゃない。

彼らと同じ大陸に住む、良き隣人になりたいんだ。

生活が落ち着いたら、さっきのケートスにも、お詫《わ》びの品を持って謝りに来よう。

そのときは戦闘にならないといいな……。

「さてと」

ケートスが意識を取り戻すまでは、あと半日ある。

ただこの巨大な生物、先刻の様子からして移動速度はかなり速い。

水先案内人が帰路で襲われないよう、できるだけ急いで戻るよう指示を出し、俺は小舟に乗り換えた。

「それじゃあ勇者様ァ、お達者でー！」

甲板の端に立った水先案内人が、両手をブンブンと振り回している。

「『元勇者』なんだけどな……」

俺は去っていくキャラック船を見送りつつ、ポツリと呟いた。

そうして完全に船が見えなくなったあと――。

オールを手にした俺は、小舟を暗黒大陸へと向かわせた。

しばらくは波の打ちつける断崖絶壁が続いたが、崖《がけ》を回り込むと小さな入り江が姿を現した。

さっそく小舟を寄せて、上陸する。

暗黒大陸に降り立つと、先ほどからずっと香っていた熟れた果実のような匂《にお》いを放つ空気が、いっそう濃厚になった。

「はは、清々《すがすが》しさとは無縁の場所だな」

だが、そんなことは構わない。
俺は感慨深《かんがいぶか》い気持ちで辺り一帯を見回し、胸を高鳴らせた。
ようやく第二の人生の、スタートラインに立てたのだ――。

第三話 ✦ 押しかけ嫁はダークエルフのお姫さま!?

暗黒大陸に降り立った俺は、小舟を砂浜に引き上げると、甘く熟れた果物の匂《にお》いがする海岸の空気を、胸いっぱいに吸い込んだ。

これが、暗黒大陸の風か。

踏みしめた砂浜は赤茶色で、小さな穴から時々ぶくぶくと気泡が生まれている。下に何か生き物が潜《ひそ》んでいるのだろう。

踏みつけ続けるのは申し訳なかったから、俺はその場からすぐに移動した。

小船に積んでいた革袋には、ナイフをはじめとした最低限の道具が入っている。

それを肩に担《かつ》ぎ、俺は周辺の散策を始めた。

海岸を抜けると、その先はいきなり森になっていた。

陽《ひ》がほとんど届かないほど、葉が茂った陰鬱《いんうつ》な森だ。

高く聳《そび》えた木々は、海からの風に揺らされてざわめく。

うー……うー……。

風が吹くたび、そんな音が聞こえてきた。

まるで人の呻《うめ》き声みたいだな……。

そう思って木を見上げると、ぎょろりとした瞳と目が合った。

「うわ」

予想外すぎて、ちょっと驚かされた。

しかもその木だけじゃない。

よく見たら、周りの木の幹にも、顔がついている。

これって木の魔物だよな？

「えーと、はじめまして」

俺は立ち止まり、頭を下げた。

「今日からこの大陸でお世話になる者だ。いろいろと作法もわからなくて迷惑をかけると思うけど、仲良くしてくれると嬉しい」

「……」

魔物たちからは返事がない。

ただ、ざわざわと葉を鳴らして俺を見下ろしている。

警戒されているのか。

俺は内心で少し落ち込んだが、気を取り直し、散策を続けることにした。

まずは生活の基盤となる場所を用意するべきだな。

どこか家を建てるのにちょうどいい場所を探して……。

ああ、あと夕飯の食材も集めなければ。

旅の前に用意した保存食は、もう数食分しか残っていない。

俺はいったん散策を中断し、狩りのための罠《わな》を仕掛けることにした。

暗黒大陸に着いたら、現地にある材料で罠を作ろうと決めていたので、元いた王国から持ち込んだ荷物はほとんどない。

俺はまずロープの代替品を探した。

何か蔦《つた》のようなものがあればいいんだけど……。

そう思って周囲に視線を向けると、木の魔物の根元に、蔦が巻きついているのを見つけた。

あれ、使わせてもらえないかな……。

遠慮しつつ、近づいていく。

「グググ……」

木の魔物は低く唸《うな》って、嫌そうに枝をしならせた。

ところがよく見ると、蔦は木の魔物に絡《から》みついているだけで、彼の一部ではないことがわかった。

どうやら地面から生えてきた蔦が、彼に巻きついて窮屈《きゆうくつ》な思いをさせているらしい。

「これ、少しもらっていくよ」

そう断って、持ってきた小さなナイフで蔦を切る。

すると魔物はほっとしたように、表情を緩《ゆる》めて、バッサバッサと枝を動かした。

お礼を言われた気がしたので、頷《うなず》き返す。

「いいんだ。俺も助かったし」

手に入れた蔦は、俺の小指ほどの太さをした、丈夫な蔦だ。

切り取ったばかりだけあって、まだ瑞々《みずみず》しい。

けれどこのままではロープとして硬すぎる。

俺はナイフでとんとんと小刻みに、蔦を叩いていった。

細かい切れ目が入ったことで柔らかくなった蔦を、輪を作るように結んだ。

この結び方は、中にものがある状態で引っ張ると、輪が締まる仕組みだ。

さて、罠作りは初めてだけれど、上手《うま》くいくだろうか。

まずは金槌《かなづち》代わりの石を使い、落ちていた枝を杭として地面に打ち込む。

次にしならせた木に、例の蔦を結んだ。

そして最後に、杭と蔦を繋げば……。

足をからめとる罠の完成だ。

「よし、できたぞ」

これで獲物《えもの》が通りかかるとバネのように跳ね、足をからめとる罠の完成だ。

他にも、石を落とす罠や、鳥用、魚用の罠を仕掛けた。

ちょっと古典的だけど、落とし穴を利用した罠も作っておくか。

設置した罠の数は計五つ。

どれかに獲物が掛かってくれるといい。

この辺りには木の魔物以外にどんな生き物が棲息《せいそく》しているのか、そいつの肉はどんな味なのか。

そもそも魔物の肉は、うまいのかまずいのか。

とても興味深かった。

「さて……」

罠を使った猟は、どれだけ人間の気配を消せるかが肝心と聞いたことがある。

獲物がかかるかどうか、隠れて観察していたいけれど、ぐっと堪《こら》えて住む場所を探そう。

それからしばらく。

周囲の地形を頭に入れながら辺りを歩き回ってみたが、家を建てるのに適した場所は、なかなか見つからなかった。

俺は顔を上げて、腐りかけた木々の間から空を眺めた。

暗黒大陸は、マーブル色の夕暮れに覆《おお》い尽くされている。

まるでこの世の終わりのような美しさだ。

じきに夜が来る。

……腹が減ったなあ。

今日の散策はここまでにして、仕掛けた罠を回収しに戻ろう。

獲物が掛かっていることを期待しつつ、罠を設置した場所へ向かうと、残念ながら最初に仕掛けた括《くく》り罠には、餌《えさ》が干からびた状態で残っていた。

一番時間をかけた罠だから、人間の匂いが残っていたのかな。

もっと改良が必要かもしれない。

餌も乾いてしまっているし、明日また別の場所で作り直そう。

気を取り直して、近くに設置した落とし穴のほうも見に行くか。

古典的だったし、網が結構目立っているかもしれないな。

あんまり期待できないけど……。

「……んー……ううーっ……」

なんだ？

罠のある辺りから、うめき声のようなものが聞こえてくる。

まさか、何か掛かってるのか？

俺の初めての獲物にワクワクしながら、足早に罠を仕掛けた場所へと向かう。

すると、じたばたと暴れるシルエットが。

獲物はけっこう大きいみたいだ。

これは、初めてにしてはかなり上出来だったんじゃないか？

おまけで作った落とし穴に掛かるなんて、予想外だったけど。

それでも、嬉しいことに変わりはない。

さて、俺の獲物……。

歩み寄って落とし穴を覗《のぞ》き込んだ俺は、ぎょっとして息を呑んだ。

設置した罠にはなんと、露出度の高い服を身にまとったダークエルフの少女が、掛かっていたのだ。

頭から網をかぶった彼女は、お尻《しり》を突き出すような恥ずかしい体勢でもがいている。

小さな穴の中で身動きがとれないからだろうが、何とも言えない気持ちになった。

俺はもう六〇〇歳以上の年寄りだけど、それでもなんだか申し訳なくて一応は目をそらす。

「ううっ……一生の不覚……。わらわともあろう者が、こんな罠にみすみす引っかかるなど……。全魔族に顔向けできぬわ……」

ダークエルフは暴れながら、なにやらブツブツ呟《つぶや》いている。

そうだ。

見ないようにするより先に、助けてあげないと。

急いで仕掛けを解除し、罠を解いた。

「あーそこの君、すまない。罠は解除したから、あとは頭上の網を払いのけてくれ」

「……っ！」

声をかけるとダークエルフは、弾《はじ》かれたように顔を上げた。

「むむっ……!?　そなたは……!!」

穴の中から俺を見上げたダークエルフが、目をまん丸にさせたまま硬直している。

「大丈夫だったか？　怪我《けが》はないか？」

「……この罠を仕掛けたのはそなただったのか？」

「ああ、申し訳ない。夕食の材料を確保したかったんだが、まさかこんな事態になるとは……」

罠を仕掛けるときは、人に迷惑をかけないようにしないとな。

初歩的な配慮ができていなかったことを反省する。

「そうか、そなたなら致し方ない……。そなたはわらわを唯一《ゆいいつ》好きにできる権利を持つ者だからのう」

ダークエルフの少女は、うつむいてもじもじと服の袖《そで》を直し始めた。

「……？」

いったい何の話をしてるんだ？

ダークエルフの言葉の意味がわからず困惑《こんわく》したが、まず先に彼女を穴から出さなくてはいけない。

「手を貸すから摑まれ」

「それには及ばぬ。よいしょっ……」

落とし穴の入り口に手をかけた彼女は、弾みをつけて体を浮かすと、とくに苦労することもなく地上へ戻ってきた。

「どこか痛むところはないか？」

責任を感じつつ声をかけると、こちらに向き直ったダークエルフがこくりと頷く。

「うむ。問題ない」

そこで初めて、俺はまともにダークエルフを見た。

彼女は体のラインがはっきりわかる際《きわ》どい丈《たけ》のドレスの上に、レースのローブをまとい、すっぽりとフードをかぶっていた。

フードには二カ所穴が開けられている。

そこから飛び出しているのは、ダークエルフ特有の狼のように巨大な耳だ。

腰の長さまである柔らかそうな髪と同じで、耳も白に近い銀色だった。

おお……。

あの耳、ふっさふさだから、触ったら心地よさそうだ。

もちろん、触れるつもりはないが……。

ダークエルフは、幼い印象を与える顔の造りと小柄《こがら》な身長のわりに、肉感的な体型で少し目のやり場に困った。

剝《む》き出しの太ももや、袖が風で舞うたびに垣間見《かいまみ》える二の腕は、むちむちとしている。

倒錯。

そんな単語が頭に浮かんできた。

俺はもう六〇〇歳を超えたじいさんだから、変な気は起きないけれど。

それでも、じろじろ見るのは失礼だろう。

そう思い、一度ダークエルフから視線をそらそうとした。

ところがそれを制するように、ダークエルフはなぜか俺の手を取り、唐突にひざまずいた。

「わらわは第四六六六番目魔王メフィストフェレス三三世の娘シャルロッテ。不束者《ふつつかもの》ではあるが、わらわは今日からそなたの嫁。存分に可愛がることを許可するぞ！」

「…………」

六〇〇年の人生の中で、あまり馴染《なじ》みのなかった言葉を反芻《はんすう》する。

「……え？　…………え、嫁？」

「うむ！　嫁である！」

腰に手を当てて、胸を目一杯反《そ》らしたダークエルフが、きらきらと目を輝かせる。

しかも期待を込めた眼差《まなざ》しで俺を見上げてくるので、どうしたらいいかわからない。

何かを期待されているのは間違いなかった。

いやおそらく存分に可愛がることを期待されているのだろうが、俺は呆然《ぼうぜん》としたまま指一本動かせなかった。

あまりにも寝耳に水過ぎる。

目の前にいる、このふわふわ耳の少女が、俺の嫁？

「……待ってくれ。嫁とはどういうことだ?」

「かつてそなたと父上が戦った際、そういう約束が交わされたであろう?」

「君の父っていうのは……えーっと」

「第四六六六番目魔王メフィストフェレス三三世」

第四六六六番目の魔王……。

人間界を火の海にしてやると言って、手下たちに油をばらまかせた魔王か?

……いやあれはたしか、四六五九番目の魔王だったな。

それなら戦う前から白旗を振り回した魔王は?

いや違う。

あいつは四六六八番目か。

「そなたが戦った魔王の中に、勇者万歳と言いだした者がおったであろう?」

「……あ! いたいた、思い出した!」

いままでの魔王の中で、誰よりも人間味があった魔王だ。

俺のことをやけに気に入ってくれて……。

「うむ。あれが我が父である。父上はそなたにぼろ負けしたあと、そなたの強さに感動して涙ながらに褒《ほ》め称《たた》え、『是非うちに婿《むこ》へ来い、娘をくれてやろう』と叫んだそうだが覚えておらんか？」

「……。……………………ああ」

……言われてみれば、確かにそんなことを叫んでいた……ような気がする……。

「俺がいつか暗黒大陸に行ったときにでも嫁にもらう。そなたはそう言って、父上と別れたのじゃ」

「……そんなこと言ったのか……」

覚えていない。

俺は確かそのとき、魔王の住む暗黒大陸の話のほうに興味が集中していて……。

そうだ、それで他の話はあまり真面目《まじめ》に聞いていなかった覚えがある。

すっかり忘れていたが、暗黒大陸に悪い印象が最初からなかったのも、この魔王の話を無意識に思い出していたからなのかもしれない。

もしかしなくても、いま俺が暗黒大陸にいるのも、あの魔王がきっかけのひとつになったってことか……？

だけど、まさか六〇〇歳で結婚の機会が訪れるなんて……。

「海辺のハーピィたちに監視を命じて早三〇〇年。ようやくそなたがわらわを娶《めと》りに現れたと聞き、こうして馳せ参じた。覚悟致せ、旦那さま。わらわがそなたのハート、しかと射止めてみせようぞ！」

「……とりあえず、納得はいった。だがすまないが、嫁にするのは無理だ。そもそも俺は若く見えても、実際のところ六〇〇歳だしな……」

「年の差など気にせずともよい。そもそも六四二歳差なんてたいして珍しくもないゆえ」

「……君はその外見でも、四十二歳なのか？」

「わらわは一二四二歳だ」

「一二四二歳……」

思わず復唱してしまう。

十代の少女にしか見えないが、年上だった。

しかも三四二歳も。

「そ、そうか。……ずいぶん長生きだな」

「人間の基準だけでものを計るでない。魔族にとって一二〇〇歳など、まだまだひよっこ扱いされる年齢だ」

そういえば魔族の寿命は、かなり長いと聞いたことがある。

「人間で言うところの十代半ばぐらいということか？」

「いかにも」

ならやはり、『老人と少女』という実にロリコンっぽい関係性にならないだろうか？

ただし人間の老人のほうは『中身だけ老人』であり、魔族の少女は『年齢だけ言えば老人』ということになる。

いや、俺も気持ちを切り替えさえすれば、『中身だけ老人』ではなく『年齢だけ老人』になれるわけか。

しかし六〇〇年も生きておいて、いまさら「俺は若者だ」と思い込むのはひどく難しい。

「……」

なんかわけがわからなくなってきた。

ひとまずこの話は置いておこう。

「そなた先刻、夕食の材料を集めるために罠を仕掛けたと言っておったな？」

「ん？　ああ」

そうだ、まだ食材の確保もできていない。

突然の嫁の登場で忘れかけていた空腹が、たちまち主張してくる。

「ではわらわがそなたのために、夕食の用意をしてやろう。オークの肉などどうだ？　すぐに肉づきのいいオークを連れてくるので、待っておれ」

「オークの肉……!?」

俺は思わず想像する。

オークは豚の頭に人の体を持つ魔物だ。

道具を使い、服を着て、人と同じ言葉をしゃべる。

あれを食べる……？

「オークの肉は、滋養《じよう》強壮によいのだ」

きらきらと瞳を輝かせて、とんでもないことを言ってくる。

「……いや、会話でコミュニケーションを取れる相手を、食材にするのはやめてくれ。その一線はさすがに越えたくない」

「ふむ……。わらわの旦那《だんな》さまはオークの肉を好かぬのだな。他に食べられぬものはあるか？　旦那さまの好き嫌いを把握するのも、妻の大事な務めと花嫁修業で習ったのでな」

まずい。

なんだかなし崩し的に、嫁にもらう流れになっている。

「はっきり言うのも気が引けるが、俺は君を嫁にするつもりはな――……」

「それとも、食事より先に風呂にするか？　もう少し北へ進めば『火炎の谷』がある。旦那さまがお風呂に入りたければ、わらわがそこで温泉を掘ってやろう」

温泉を掘るって……。

冗談でなく真顔で言っているから、返答しづらい。

そもそも温泉って、掘ったらすぐに入れるものなのだろうか？

「なんだ風呂も気に入らぬのか？　では何を望んでおる。……はっ！　……も、もしや、わらわの体を……？」

「いや、それはない。少女と老人はまずい」

「では食事だな！　よかろう。すぐ支度をしてやる。記念すべき初の愛妻料理じゃな！　楽しみに待っておれ」

結局、この夜、野営の拠点を作った俺は、そこでダークエルフお手製料理をごちそうになった。

振る舞われた料理は暗黒大陸特有の食材を使っているため、かなり強烈な見た目をしていたものの、意外にも、ほっこりとする家庭的な味つけで、とてもうまかった。

それに、長らく船旅続きだった体に、湯気の出る食べ物はありがたい。

礼を言うと、ダークエルフはぱあっと瞳を輝かせ、もっと食えとおかわりをよそってくれた。

にこにこと笑顔で振る舞われる食事。

ダークエルフの自信作らしい鉛《なまり》色のスープを飲むと、ほっとするような温かさが身にしみた。

……うまいな……。

こういう食事をとったのは、ずいぶんと久し振りな気がする——。

第四話 ✦ 風の支配者

日暮れ後──。

シャルロッテと名乗ったダークエルフの少女が作ってくれた食事に舌鼓《したつづみ》を打っていると、急激に森の気温が下がり始めた。

淀《よど》んだ冷気が立ち込め、凍《い》てつく風がひっきりなしに吹き荒れる。

「すごい寒暖の差だな……」

俺は防寒スキルを使っているので、ほとんど寒さを感じない。

だけど、このまま野ざらしで夜を過ごすのは、芸がなかった。

野宿をするとき、風雨をしのげる場所を作るのも、スローライフの醍醐味《だいごみ》じゃないか？

せっかくだし、葉のついた枝を切り落として、簡易テントでも作ろうか……。

そう考えていたところに吹きつけてきたのは、これまでより一段と冷たい風だった。

「これは……ふん。厄介《やっかい》な連中が出たもんじゃのう」

シャルロッテがしかめっ面《つら》で、空を見上げる。

彼女は吹きつける突風に向かって言った。

「貴様ら、かまいたちじゃな」

かまいたち？

冷たい風が吹き抜けたあと、皮膚《ひふ》が切れる……っていうあれか？

……でもかまいたちってたしか、日本の妖怪だよな？

もしこれがゲームなら、世界観めちゃくちゃだなと、つっこんでいるところだ。

「旦那《だんな》さま。屈辱的《くつじょくてき》ではあるが、ここはいったん逃げるべきじゃ」

「なぜだ？」

「こやつらは死なぬ。無限に再生し続ける。一体ごとは弱くとも、無限に復活する敵など、相手にできるか」

「ふうん……」

俺と同じく不死ってことか。

シャルロッテの話を聞いて興味が湧く。

俺は好奇心に負け、全知スキルで鑑定し始めた。

「旦那さま、危ない！」

冷たい風がびゅうっと吹いてくる。

「旦那さま‼　……むむ……？　怪我《けが》をしておらぬのか……？」

もちろん、俺は無傷だ。

「――かまいたち。冷風に擬態《ぎたい》するイタチによく似た魔物。冷風に擬態している場合、その風がある限り無限に再生し続ける。『風の支配者』とも呼ばれるのか……」

再びの突風。

でも、まったく痛くない。

むしろくすぐられてるぐらいの感覚だ。

シャルロッテが驚いたように、目を見開いている。

吹きつけてくる風からも、なんとなく焦《あせ》った空気を感じる。

が、当然だろう。

だって俺は、レベルマなんだから。

9999999999あるHPのうち、100や200減ったところで、それをダメージと感じるはずもない。

「無限発生ループに入った場合は、倒すことを諦《あきら》め、暖かい場所に移動するしかない、か……」

倒しても倒しても生き返って、ゾンビを相手にしているのと変わらない。

それは、いくらなんでも御免こうむりたい……。

「仕方ない、か」

俺は結論を出す。

「だ、旦那さま……？」

「倒せないなら、生まれてこられなくすればいい」

「……!?」

俺の言葉に、周囲の風がぴたりとやむ。

「生まれてこなくする？　……どういう意味じゃ？」

「ハーピィたちに聞いてないのか？」

この地でこのスキルを使うのは、初めてじゃないんだが。

俺は右手をシャルロッテに見せ、詠唱《えいしょう》の準備をする。

「冷風がある限り生まれてくるのなら……」

俺の持つスキルのひとつ、風神。

その名の通り、風の神とも呼ばれる力。

「俺が、暗黒大陸すべての風を、支配すればいい。そしてかまいたちもろとも、この冷風を消滅させる」

『……ッ‼』

悲鳴のような声を上げて、かまいたちが渦を巻く。

風の支配者。

かまいたちの異名だそうだが、風を支配するくらいなら、俺にもできる。

「──大地を包む虚無の風」

右手に力が集まってくる。

「我の求めに従い、今、此《こ》の地に……」

『っ、わー！　わあああ……‼』

聞こえてきた悲鳴に、俺は詠唱を中断した。

目の前に現れたのは、十頭ほどのイタチだ。

俺の前に居並んだ彼らは、ぺこぺこと頭を下げ始める。

「すいやせんでしたあ‼　見慣れない旦那がいたもんで、つい！」

「縄張り争いがかまいたちの性分《しょうぶん》でして……本当、面目《めんぼく》ねえっす‼」

「そうだったのか。いや、こっちこそすまない」

縄張りに入り込んでおいて、ぶしつけなことをしてしまった。

かまいたちに頭を上げさせようとする俺を、傍《そば》にいるシャルロッテが、輝く瞳で見つめてくる。

「さすがは旦那さまなのじゃ……！　手のつけようのないこやつらを、こうも見事に屈服させてしまわれるとは！」

「屈服させたつもりはないんだけど……」

「旦那、こらまたご謙遜《けんそん》を！　あっしら、本当に反省してるんですぜ！　へへっ、なあおめえら！」

「お、おう‼」

「旦那さまはさすが、旦那さまなのじゃ！　わらわはすっかり惚《ほ》れ直し……っくしゅん‼」

シャルロッテのほうを見ると、彼女はくしゃみが恥ずかしかったのか、鼻の辺りを押さえて真っ赤になっている。

「シャルロッテ、もしかして……寒いのか？」

「ままま、まさか！」

怪《あや》しい。

俺と一緒に平気な顔をしていると思ったけど、もしや……。

「風邪《かぜ》をひきそうだ。俺のことはいいから、自分の家に帰ったほうがいい」

「いやじゃいやじゃ‼　たとえ凍《こご》え死んだとしても、わらわは旦那さまのお傍にいる！」

いやいやをするシャルロッテ。

だが……。

そこに、かまいたちがお伺《うかが》いを立ててきた。

「よろしければ……あっしらに乗っていただいて、暖かい場所にお連れしやしょうかい」

「え？　でも、かまいたちは、冷風の吹く場所にしかいられないって……」

「ほんの少しなら大丈夫でさァ。ささ、お嬢さんも乗ってくだせえ！」

「ほほう、おぬしら感心な働きではないか。旦那さまも早く乗るのじゃ」

やれやれだな……。

結局、かまいたちに乗って、俺たちは『死の谷』にある『マグマ沼』という場所まで向かうことになった。

途中、冷えて透みきった空気の中で、見上げたのは満天の星。

今度、毛布に包まれて、コーヒーでも飲みながら、天体観測をするなんてのはどうだろう。

そんなことを考えながら、かまいたちに乗った空の旅を、俺は、なんだかんだで楽しんだのだった。

第五話 ✦ マグマ沼を制圧せよ！

暗黒大陸特有の薄紫色の雲海から、朝焼けの光が差し込む。
まるでこの世の終わりみたいな空だ。
すごいな……。
禍々《まがまが》しいのに、でもめちゃくちゃ綺麗で。
こんな朝焼け、初めてだ。
普段は芸術なんてわからない俺でも、目の前に広がった景色には圧倒された。
大自然の中心に立って、自分がちっぽけな存在だということを、ただただ感じる。
そんな清々《すがすが》しい朝だった。
ただし……。
「へくちっ」
「……」

隣でいたいけなダークエルフが、耳を寝かせて、凍《こご》えていなければ……。

――現在、暗黒大陸は夜明け前。

俺とシャルロッテは、煮えたぎるマグマ沼の縁《ふち》に置いた岩に座って、暖を取っていた。

辺りは氷点下にも達しそうな気温だ。

俺はなにせカンストの身だから、寒冷対策スキルもスキルマで、寒さなんて感じない。

だがシャルロッテは、そうはいかないようだった。

「こんなに震えてるんだし、俺に付き合わず、帰ればよかったものを」

「な、何を言うのじゃ……。や、ややや病《や》めるときも健《すこ》やかなる時も、苦楽ををを……と、共にするのが夫婦であろう?」

「俺たちは夫婦じゃないだろう」

「聞こえぬ聞こえぬぅぅぅ……」

巨大な耳を両手で押さえて、シャルロッテがそっぽを向く。

もちろん夜が更《ふ》ける前、シャルロッテには家に帰るように言った。

こんな極寒や、かまいたちとの戦闘に巻き込むつもりはなかったし。

しかし彼女は頑として聞き入れず、「わらわの帰る場所は、そなたの腕の中のみ!」などと言って抱きついてくる始末。

まったくなんでこんなことになったのか……。

俺は肩を落としながら、スープをかき混ぜた。

マグマの傍《そば》に置いた鍋の中では、俺の作ったスープがぐつぐつと煮えている。

材料は、鬼アワビタケと胞子花《ほうしばな》。

昨日の夕食にも使った食材を、シャルロッテから分けてもらった。

「ほら。とりあえず飲みな」

「……で、でも、これは旦那《だんな》さまが作ったスープじゃ。まずは旦那さまが」

「そんなこといいから。あったまるぞ」

「あ、ありがとうなのじゃ……」

持っていた木の椀《わん》をシャルロッテに渡す。

鼻の頭を赤くした彼女は、椀を両手でくるんで、ふうふうと息を吹きかけた。

一口飲むと、ほっと息をついて言う。

「……あったかいのう」

「そうか」

「旦那さまは料理の腕も達者なのじゃな……」

「達者ってわけではないが。まあ簡単なものならな」

勇者時代は野宿も多かったから、料理は自然と身についた。

実のところ、カンストしている料理スキルを使えば、何だって作れる。

でもスキルを使った料理は、なんだか味気ない気がして、あまり好きではなかった。

「昨日の夕食のお礼だ。これで貸し借りなしにしよう」

「む、それは断る。わらわは貸し借りとかではなく、ただ旦那さまに愛妻料理を振る舞いたかったのじゃ！」

聞く耳もたないって感じだな……。

俺はちょっと困って、視線をシャルロッテから逸《そ》らした。

鍋の脇では、串に刺さった生贄羊《いけにえひつじ》のチーズが、じわじわと熱で炙《あぶ》られている。

表面に淡い焦《こ》げ目のつきはじめたそれは、なんともいい匂《にお》いをさせていた。

これも、シャルロッテが持参してきた食材のひとつだ。

もともと何かのお洒落《しゃれ》な料理に使うつもりだったらしいが、俺が拝借して、この場で男の料理よろしく炙らせてもらった。

「知らなかったのう。生贄羊のチーズに、こんな調理方法があったとは……」

「こんなのが料理って言えればの話だけどな」

「何を言っておる。立派な料理じゃ！」

両手を握り締めたシャルロッテが、真顔で伝えてくる。

あまりに必死な態度に、ちょっと笑ってしまった。

……って、何をしているんだ俺は。

暖を取って和《なご》んでる場合じゃない。

早く家に帰るよう説得すべきだろう。

ちらっとシャルロッテを見る。

彼女はまだ寒いらしく、温かいスープの入った椀を離さない。

昨夜、俺がナイフでくりぬいて作った椀だ。

こんな用途にも使うなら、もっと薄くすればよかった。

……てかこれじゃあ、帰れなんて言えないな。

「――暗黒大陸の夜は、けっこう冷え込むんだな」

「この『死の谷』はとくに冷えるのじゃ。それを知っていながら、わらわとしたことが……。すっかり失念して、防寒対策を怠《おこた》ってしまった」

しょぼんと萎《しお》れたシャルロッテは、足先で、つんつんと溶岩をつついた。

「……それに、かまいたちどものこともじゃ。だが、さすがはわらわの旦那さま。昨夜の戦闘には、惚《ほ》れ惚《ぼ》れしたぞ」

「長年勇者をやってれば、あれくらい普通だよ。……ほら、焼けたぞ」

俺は、ころあいになった生贄羊のチーズを、シャルロッテに差し出した。

マグマで炙られ、焼き目がついてぱちぱちと音を立てている生贄羊のチーズは、とろとろに溶けて柔らかい。

シャルロッテはどんなふうに食べたらいいのか躊躇《ちゅうちょ》したようだが、垂れそうになっているのを指摘してやると、慌《あわ》てて口で受け止めた。

「あちちっ……はふ、はふ……」

顎《あご》を動かしたあと、手のひらでほっぺたを押さえて、味をかみ締めるように目を閉じる。

……味の感想は、聞かなくてもわかるな。

俺もスープとチーズで、だいぶ満たされた。

エネルギーを得た体が、内側からぽかぽかと温まってくると、今度は別の欲求が湧いてくる。

……眠い。

一晩中、かまいたちに乗って空の上にいたからな。

シャルロッテも「くあっー……」と言って、欠伸《あくび》をかみ殺している。

だいぶ白み始めた空。

俺は、明るくなってきた周囲を見回した。

「それにしても、マグマ沼なんて面白いな」

「む？　人間界に、マグマ沼はないのか？」

「そうだな。マグマは火山から噴き出すもので、こうやって沼になっている場所はないな」

マグマか……。

「いっそ、マグマ沼の真ん中を埋め立てて、マグマに囲まれて住むのもいいな」

いかにも暗黒大陸って雰囲気だし。

俺はこの場所が、結構、気に入っていた。

ところが妙案だと思ったのに、シャルロッテにすぐさま止められた。

「な、何を言っておるのじゃ!?　マグマの熱で家も旦那さまも溶かされてしまうに決まっておろう！　わらわはあっという間に未亡人になってしまう！　そんなのはだめじゃだめじゃ！」

両手に小さな拳を作ったシャルロッテが、必死な形相《ぎょうそう》で首を横に振る。

俺は不死身だけれど、溶けた場合どうなるのかな。

いや今それは置いといて……。

「嫁にはできないと何度も言っているだろう」

「都合の悪い話は聞こえぬ」

シャルロッテがツンとそっぽを向くのと同時に、フードから飛び出した大きな耳が、ペタンと伏せてしまう。

やれやれ……。

「話を戻すが、マグマ谷の真ん中に住むことは、そんなに難しくないだろう？　マグマの熱でも溶けない素材を使って、埋め立てと建物の建造を行えばいいだけの話だ」

「マグマの熱が溶かせぬものなどあるのか⁉」

「マグマがなんでも溶かせたら、地面というものは存在しないぞ」

マグマで溶けず、問題なく中で生活できる材料を探すため、俺は全知スキルを呼び出した。

かざした手のひらに熱が集まってくる。

そして、迸《ほとばし》る静電気のようなエフェクト。

竜巻のように渦を巻くエネルギーの輪が、やがて金色の光を帯びてきて……。

「――スキャン」

その言葉とともに、俺の目の前には、俺にしか見えないウィンドウが幾重《いくえ》にも立ち上がった。

全知スキルのベースは、対象物の鑑定。

だが、他にも何通りかの使用方法があった。

例えば今回利用するのは検索機能。

「サーチ」と唱え、指を一つ鳴らすと、俺の正面に検索画面が表示される。

最初はマグマについて軽く調べてみた。

「マグマの温度は一般的に一〇〇〇度程度か……」

「あつあつだのう。わらわが旦那さまへ向ける想いのようじゃ」

「ん？　俺に向ける想い……？」

「うむ！」

「……えーっと……とりえあず話を続けよう」

咳払《せきばら》いをする。

「溶けている岩の種類によって温度が変わるらしいから、保険をかけて一二〇〇度ぐらいのつもりでいたほうがいいな」

次は融点《ゆうてん》が一二〇〇度以上で、暗黒大陸でも手に入る物質について調べる。

そうだ。

建築素材向きのものと、埋め立て用のもの、それぞれ調べなければならない。

まずは埋め立て用の材料。

甲羅亀《こうらがめ》の背中から採取できる玉鋼《ぎょっこう》と、火廣岩《かこうがん》を練り合わせて作る火廣金がおすすめ、か。

なるほど。

次に建築用の材料。

火廣金を、群青鉄《ぐんじょうてつ》と練り合わせた硬秘石《こうひせき》がおすすめ。

「よし。マグマでも溶けない材料はわかった。これを集めて家を作るよ。心配しなくても、俺はなんとかやっていけそうだから」

シャルロッテは、気のいい魔王の親父さんのいる家に帰るといい。

そう言おうとしたのに……。

彼女はなぜか得意げな顔で、ふんぞり返ってみせた。

「了解じゃ。ではわらわが旦那さまの下僕として、働く者どもを集めてこよう。陽《ひ》も昇ってきたし、すぐに気温も上がるはずじゃ！」

下僕……？

「いや、もう大丈夫だから、シャルロッテは家に……」

「本当はもうしばらく、ふたりきりの新婚生活を楽しみたかったのじゃが。致し方がない。何よりも旦那さまの役に立つことが、わらわの喜びゆえ！」

「いや、だから……」

「旦那さま！　妻としての仕事を任《まか》せてもらえて、わらわは嬉しいぞ！」

「え、いや……」

「では、行ってくる！」

俺は、なんだかわからないまま彼女を見送った。


それからしばらくして戻ってきたシャルロッテは――……。


「すごいな……」

百人近いオークを従えていた。

「旦那さま！　こやつらはみんなわらわの下僕ゆえ、好きに使われよ！」

旦那さま。

その言葉を聞いて、百人のオークたちがいっせいに、俺を睨《にら》んできた。

「うちの姫さまをたぶらかしたのはてめぇか？　あーん？」

「姫さまどころか、魔王さまもたぶらかしたって聞いたぞ？　あんこら？」

目の前にいたオークが、俺に摑みかかろうとしたとき――。

「ッ……!?」

オークの体が一瞬で、はるか後方に吹っ飛んだ。

「あ、すまない!!」

俺は慌てて謝った。

「雑魚《ざこ》モンスターと戦わなくてすむよう、レベル五〇以下の攻撃者に対しては、迎撃スキルをオートでつけてあるんだ。いまオフにしたから……」

「ザコだと⁉　ふ、ふざけやがって……！　てめぇ、いい度胸してんじゃねぇか！」

「それに、たぶらかしたっていうのは誤解だ。その件は魔王とシャルロッテが……」

「呼び捨てだとおお⁉」

再びオークが摑みかかってこようとする。

「――何をしておる？」

「ひっ⁉」

シャルロッテの冷えた声。

それだけでオークの肩が、ビクッと跳ね上がった。

「父上とわらわの選んだ夫。そのお方に、お前たちは何をしようとしたのじゃ」

「ひ、姫、これはですね……」

「わらわの夫を愚弄《ぐろう》すること！　それすなわち、夫を認めた、わらわの父たる魔王と、わらわを侮辱《ぶじょく》することぞ！」

「……っ！　も、申し訳ありません……！」

オークたちの怯《おび》え方。俺はふと気になって、シャルロッテの情報をスキャンしてみる。
そのほかのいろいろな数値には目を瞑《つぶ》って、戦闘ステータスだが……
うわ、やるな……シャルロッテ。
俺は彼女の身体能力の高さを目《ま》の当たりにして、思わず感心してしまった。
ていうかさっきなんて呼ばれてた？
「え……姫？」
シャルロッテは魔王の娘だと名乗っていたが、姫と呼ばれる立場だったのか。
いや、そりゃそうか。
王の娘だもんな？
姫、だよな……。
全知スキルの結果にも、そういう説明が表示されている。
そんな身分の人間が、お供もつけずにふらふらしていていいのか疑問に思う。
まあ人間と魔族では、姫の立ち居振る舞いも異なる可能性はあった。
見た目に反して、かなり強いようだしな。
「よいか、おまえたち！　我が夫のため、精魂尽きるまで働くのじゃ‼」
シャルロッテの命令に対し、オークたちが野太い声で「おー！」と返事をする。

た。

まるで鬨《とき》の声だ。

猛々《たけだけ》しいオークの群れを背にした少女シャルロッテは、誇らしそうに俺を見上げて言い切った。

「ちなみにオークの肉が食べてみたくなったら、いつでも命じられよ」

「うん……。一緒に働いた相手を、場合によっては食材に変えるみたいなノリはやめようか」

先行きは不安だが、とりあえず彼らの手を借りて家作りを始めてみようと思う。

第六話　✦　チートスキルで家を建てる

自分の住む家を、自分で建てる。

これぞ、スローライフの醍醐味《だいごみ》ではないだろうか。

鍛冶《かじ》スキルを使い、辺りの溶岩から生成した鍬《くわ》を手に、俺はこれから自分の家を建てる領地を見渡した。

熱されて赤くなったマグマが煮えたぎる沼。

ここが、俺の領地になるんだ。

「旦那《だんな》さま。どうやってこんなところに家を建てるのだ？」

「全知スキルによると、まずは地盤改良だな」

暗黒大陸のマグマ沼は、人間界のマグマとは性質が違うようだ。

「冷えても完全に固まらないことも多いから、これをやることで地盤沈下を防がないと……」

「旦那さまは、マグマすらも支配するのか！」

シャルロッテはきらきらした目で俺を見るが、買い被《かぶ》りすぎだ。

「方法さえわかれば、誰にでもできるよ。マグマが固まりやすくなる素材を混ぜて、上から五トンくらいの力で殴《なぐ》ればいいんだ」

「……それは、五トンくらいの体重の者が飛び跳ねることでも、事足りるのか？」

「……」

俺は驚いて、思わずシャルロッテの体を眺めた。

すると、シャルロッテはハッと息を呑んだあと、真っ赤になって否定した。

「ち、違うぞ⁉　わらわの体重は五トンもない、確かに先ほどスープをおかわりしたが、旦那さまのお嫁さんになるべく日々体型には気を遣《つか》って……と、というか、いかに妻といえど、女性の体重を想像するなんて失礼じゃ！」

「ご、ごめん。つい」

ぽかぽかと殴《なぐ》ってくるシャルロッテの腕は確かに華奢《きやしや》で、そんなに体重があるとは到底思えない。

「そうではなく、わらわのオークたちを集めればどうかと思ったのじゃ。身に着けている鎧《よろい》も含めて、それなりになるゆえ……！」

必死に言い募《つの》る様子からは、さきほどまでオークを従えていた少女だと、想像しづらい。

なんというか……いたいけな女の子を苛《いじ》めてしまったようで、どうしたらいいかわからない。

「それじゃあ、そっちは任《まか》せようかな……」

「本当か！」

うれしそうな様子にほっとする。

「任せておけ！　わらわが見事、旦那さまのために取り仕切ってやろう！」

そう言ってはしゃいだ様子のシャルロッテに、全知スキルで獲得した方法を説明する。

その間に俺のほうは、護岸や埋め立てに使うための火廣金《かこうきん》を用意する。

地盤改良をすることで地盤沈下を防ぐことができ、護岸によって土砂の流失を防げるらしい。

護岸とは、防御壁のようなものだ。

そして最後に護岸内部を埋め立てていくという流れだ。

まず俺はオークたちの手を借りて、火廣金の材料となる玉鋼《ぎょっこう》と火廣岩を集めに向かった。

オークたちの道案内を頼り、沼地を下って、固まった溶岩による岩の密集地に辿《たど》り着く。

奥まった場所を目指すにつれ、肌で感じる空気が変化した。

「久々の探索エリアだな……」

魔物が巣食ってしまった場所は、こうして空気の淀《よど》み方が変わるのだ。

人間界ではそんな場所、ごく一部だったから、そこを探索エリアと呼んでいた。

もちろん、俺が前世から持ち込んでしまった言葉だ。

いまはすっかりこの世界でも定着している。

人間界にある探索エリアはほとんど冒険しつくしていた俺にとっては、未知の探索エリアなんて何十年ぶりだろうか。

もっとも、暗黒大陸は、大陸全土が探索エリアと呼べるのかもしれないが……。

「おい、人間。こんな物騒な場所でどうするつもりだ？」

暗黒大陸にも、物騒とか、物騒じゃないとかがあるのか。

「火廣岩と玉鋼を集める。火廣岩は採掘で、玉鋼は甲羅亀《こうらがめ》の背中から剝《は》ぎ取りだ」

「な……！　甲羅亀だとお⁉」

「鉄の甲羅を持つ亀だぞ……。その上に凶暴で、かみついたら食いちぎるまで離さないあの……」

「ドロップするまで周回だな。俺がひたすら甲羅亀を倒すから、玉鋼と火廣岩の採集を頼めるか？」

「ひ……ひたすらあれを倒すだと……⁉」

何故《なぜ》かおののくオークたちに、スキルで生成したツルハシを託《たく》し、俺は目的の魔物を探した。

素材集めのための脳死周回も、目的のためだと思えば苦にはならない。

俺が甲羅亀を倒し、ドロップした玉鋼をオークたちがマグマ沼のほとりに運ぶ。

無心でその作業を繰り返した。

火廣岩のほうはただ採掘していくだけなので、十数人のオークが手分けをしてくれる。

どちらもレア素材ではなかったので、午前中だけでかなりの量を確保できた。

さて、あとは練り合わせるだけだ。

さっそく始めようとしたところで……。

ん？

なんだか背後から、やたらと視線を感じる。

振り返ってみると、材料を運んできたオークたちが足を止め、遠目に俺の行動を観察していた。

いや観察って言葉は正確じゃないな。

オークたちは不審そうな表情で、俺を睨《にら》んでいる。

「ふん。見かけによらず力はあるようだが……なおさら、いつ姫さまに危害を及ぼすかわからねえ」

「あんなに鉱石を集めてどうするってんだ。なにがマグマの制御方法がわかるだよ、素人《しろうと》め」

「本当に必要なのはどんな石なのかもわかってねえじゃねえか」

めちゃくちゃ警戒されてるな……。

説明するよりも、見せたほうが早いか。

いまから俺が使おうとしているのは、修得できる人間が少ないレアスキルだ。

レアスキルを使うまでの俺の行動は、だいたいいつもこんな感じの反応をされる。

俺は、オークたちの手を借りて集めた玉鋼と火廣岩に向かい、両手をかざした。

「錬金術スキル発動」

その瞬間、鉱石が、ぶわっと湧いた光に包まれた。

熱の塊《かたまり》が膨《ふく》れ上がる。静電気のような閃光《せんこう》が走る。

出来上がるものをイメージして、注力すると……。

「……こんなものかな」

完成だ。

「あれは……」

その瞬間、黙って様子を見ていたオークたちが、一斉に騒ぎ始めた。

「あれは火廣金⁉　黒海鉱山《こっかいこうざん》の最深部に行かないと採掘できない鉱石だというのに、あいつスキルで作りやがったぞ⁉」

「なんだよ、あの人間……‼　化け物か……！」

頭が豚、体が人間という異形《いぎょう》の彼らに言われると、どういう返事をするのが正解なのかわからないな。

だが、俺のこのスキルは、知的探究心が旺盛《おうせい》な彼らに気に入ってもらえたようだ。

「なぁアンタ‼　なにか他にもすげぇスキルを使えたりすんのかい⁉」

俺はあっという間に興奮したオークたちに取り囲まれてしまった。

「他？　一応スキルはすべてカンストしているが……」

すごいスキルと言われると、どういうものがあったか悩んでしまう。

攻撃魔法？

……これは冒険者にとって大事な力だが、オークにはどうだろう。

財宝探知能力？

進むのに鍵《かぎ》が必要なダンジョンで、宝箱の探索に重宝《ちょうほう》したっけ。

ミミックも見抜ける優れものだが、ダンジョンクリアに必要な宝物が『朽《く》ち果てた剣』だったときは反応しなくて苦労した。

鍛冶スキル、地図作成スキル……。

「オークにとって役立ちそうなスキルはわからないな。一応、この世界にあるすべてのスキルは習得して、カンストしてるなんだが……」

「な、なんだってぇッ……!?」

本当だ。

転生してから六〇〇年のあいだ、不死の勇者をやりつづけてきた俺は、SランクからDランクまですべてのスキルをきわめていた。

スキル上げは楽しくて好きだ。

けど、カンストしてしまったせいで、今はその楽しみがなくなってさびしい思いをしている。

試しに全スキルをカンストした者だけが取得できる秘奥義《ひおうぎ》スキルを、軽く使ってみせると、オークたちはでっかい口をあんぐりと開けたまま、固まってしまった。

「すげぇ……」

「ああ、すげぇ……」

「すげぇなんて言葉で表現できないほど、すげぇよ……」

「勇者がなんぼのもんじゃいと思っていたが、このお方は本物だ……」

「さすが俺たちの姫さまが、選んだ男だけはある……」

オークたちは顔を見合わせて、頷《うなず》き合っている。

六〇〇年間ずっと魔王を倒し続けていれば、誰でも自動的にこうなると思うんだが……。

でも、オークたちは俺を見て、「俺もあんなスキルがほしい」「俺はこのスキルをもっと上げたい」などと話し合っている。

彼らのやる気を招いているのなら、俺もうれしいな。

俺も、勇者になったばかりのころは、ああやって熱心にスキル上げの方法を調べていたっけ。


午前中に埋め立てを終え、昼からは家に使うための材料を集めた。

俺のことを認めてくれたのか、オークたちの態度は午前中より、かなり友好的になっていた。

「なあ勇者！　これはどうすればいい？」

「勇者……いや、兄貴！　この辺りで採《と》れる材質なら、もっといいものがあるぜ！」

そのおかげで作業はかなりはかどり、あっという間にすべての材料を揃《そろ》えられた。

オークたちに教わりながら、自分の足で建材を集めていくのは楽しい。

「兄貴！　それで、完成予想図なんかはあるのか？」

「一応、イメージと一緒にこういうものを作ってみた」

スキルを使って描いた設計図と、完成予想図。

マグマの上に聳《そび》え立つのは、真っ黒な外壁に塗られたおどろおどろしい城だ。

「せっかくだし、牛魔王《ぎゅうまおう》が棲《す》んでいそうな御殿《ごてん》をイメージした。マグマ沼の真ん中に建ってるなら、そんな感じの建物がしっくりくるだろう？」

「おお……さすが俺たちの兄貴！　痺《しび》れるセンスだぜ‼」

「かっけーよ兄貴！」

「そ、そうか……ちょっと子供っぽいかとも思ったんだが」

たぶん初めての暗黒大陸生活に、俺は浮かれているらしい。

もしこの住処《すみか》が恥ずかしくなったら、また作り直せばいいし。

「兄貴、この中庭に露天風呂を作るのはどうだ？」

「……露天風呂……」

自宅の庭に露天風呂。

その響きに、俺は内心で目を輝かせた。

せっかくマグマの上に住むんだし。

冷え込む夜に、露天風呂に入って温まるとか、最高に贅沢《ぜいたく》だ。

肝心の建築だが、人力でやっていると三カ月ぐらいかかりそうなので、ここはスキルの力を利用する。

いずれ時間を見て、あえての人力にも挑戦したいな……。

そんな思いも抱《かか》えつつ、俺は詠唱《えいしょう》する。

「建築スキル発動」

そして完成した家は、なかなか満足な出来だった。

「すげえ‼　兄貴、一日でこんな御殿を建てちまうとは！」

「ありがとう。手伝ってくれたみんなのおかげだ」

「兄貴、お疲れでしょう！　さっそく温泉を楽しんだらどうですかい！」

シャルロッテがいないな。

彼女にもお礼を言いたかったんだが。

だが、確かに泥だらけだ……。

俺はオークたちの言葉に甘え、正真正銘の一番風呂を堪能《たんのう》してみることにした。

その前にもう一度、自《みずか》らの家を振り返る。

「……うん」

これが俺の家だ。

そんな実感をかみ締めながら、俺はさっそく風呂に入る支度を始めたのだった。

第七話 ✦ 嫁と湯けむり混浴風呂

「っあー……」

肩まで乳白色の温泉に浸《つ》かった瞬間、自然とそんな声が出る。

中庭の一角に作ったのは、俺が足を伸ばしてもまだ余裕のある、円形の露天風呂だ。

風呂を囲むように置いた石を枕にし、ちょっと熱めの湯に体を浮かべて、俺は静かに目を閉じた。

……いい。

すごくいい……。

この温泉、最高だ……。

今度飲み物を持ち込んで、茹《ゆ》だるまで浸かってやろう。

そんなことを考えていたときだ。

「旦那《だんな》さま……」

ひとりきりだと思い込んでいたから、唐突に声をかけられて、死ぬほど驚いた。

「うわっ！」

勢いよく振り返ったせいで、ばしゃりとしぶきが上がる。

湯煙の向こうから姿を現したのは……。

「シャルロッテ……!?」

やたらと透けたドレスを身にまとったシャルロッテが、恥ずかしそうに立っているのを見て、さらに動揺する。

お、おいうそだろ……。

俺は、慌《あわ》てて視線を逸《そ》らした。

湯煙が立ち込めているのが、唯一《ゆいいつ》の救いだ。

あんな恰好《かっこう》もろに見たら、さすがに気まずい。

「おまえ何してるんだよ……。あ、風呂入りたいのか!?　なら、すぐ出るからちょっと外で待っていてくれ……！」

「日那さま、そうではない」

シャルロッテは出ていくどころか、温泉のふちに正座をすると、慎《つつ》ましやかに三つ指をついた。

「わらわが今から、旦那さまのお背中を、お流しいたしまする」

「はぁ⁉　い、いや、いいから‼　……っておい……⁉」

湯に浸かっていた俺の腕を、シャルロッテがきゅっと摑んでくる。

「妻の務めをしっかり果たしたいのじゃ……。だから断るのはなしじゃ……」

小さくてしょんぼりした声でそう言われ、拒否できない。

「……。……わ、わかった……。じゃあお願いするよ……」

結局シャルロッテに押し切られて、背中を流してもらうことになってしまった。

いったん湯から上がり、風呂椅子用の平らな石に腰掛ける。

「それでは旦那さま、失礼するぞ」

「ああ、よろしく」

人面糸瓜《じんめんへちま》のスポンジで、ごしごしと背中をこすられる。

だが、その手つきがなんだかぎこちない。

……もしかして緊張しているのか……？

心配になって振り返ると、茹でだこぐらい真っ赤になったシャルロッテが、かちこちになってスポンジを握り締めていた。

「シャルロッテ？」

「ひゃわ⁉」

声をかけただけなのに、シャルロッテが肩を跳ねさせる。

その拍子《ひょうし》にスポンジが彼女の手から落下した。

「あわわ、スポンジが、スポンジが……」

「俺が取るよ」

「よいのじゃ……！　旦那さまは動くでない……！」

「あ、ああ……。……でもおまえ、大丈夫か？」

「ももも、もちろん大丈夫に決まっておる……！　小さいころ、父上のお背中を流すのは、わらわの役目だったゆえ、背中流しに関してわらわは熟練者じゃ！」

「そ、そうか……」

でも、やっぱりどう見ても緊張しているらしかった。

父親以外の背中を流したことが、初めてなのかもしれない。

そんなことを考えていると……。

「……大きなお背中じゃな……」

そう呟《つぶや》く声が聞こえ、小さな手が、ぴとりと俺の背中に添えられた。

なんだか、やたらと恥ずかしくなってきた。

「あー……ありがとう。もう十分だ。俺はこのまま出るから、シャルロッテは温まってきたらいい」

「それなら旦那さまも一緒に……」

「いや……」

「妻の務めをしっかり果たしたいのじゃ。だから断るのはなしじゃ……」

またさっきと同じ言葉で脅《おど》された。

「どうしてもわらわを残して、先に出ると言うのなら……抱きついて引き留めるまでじゃ！」

「うわ……!?」

背後から両腕を回して、シャルロッテが俺にしがみついてくる。

湿った薄い布越しに、柔らかい膨《ふく》らみの感触がした。

「わ、わかった……！　入る入る！　一緒に入るから放してくれ……！」

「本当じゃな?」

シャルロッテの腕の力が緩《ゆる》んだので、慌《あわ》てて抜け出し、湯に飛び込む。

まったくとんでもないことをしでかす女だ……。

「旦那さま、わらわもいま入るゆえ、しばしの間、目をつぶっていてくだされ。裸を見られるのは、恥ずかしいのじゃ……」

「ああ……」

大胆なんだか、初心《うぶ》なんだか、よくわからない。

湯に浸かったまま、目をつぶっていると、しゅるしゅると衣擦《きぬず》れの音が聞こえてきた。

「もう目を開けても大丈夫じゃ」

言われて目を開けると、シャルロッテが寄り添うようにして、俺の隣に座っていた。

ちょっと距離が近いが、湯が乳白色なので、一応、安心していられる。

「夫婦水入らずで混浴……。ふふ、最高の気分じゃな……」

「……いや夫婦じゃないぞ?」

「裸の付き合いをしておいて何を言っておる。それにそなたの背中を流す役も、これから一生わらわに任せると言うてくれた……!」

言った覚えはないぞ。

「……そもそも、魔王が決めた話だろ?　結婚なんて大事な問題、親の言いなりにならなくていいよ」

「そんなことはないぞ!」

シャルロッテが、ばしゃっと湯を跳ねさせて、俺に向き直る。

「わらわに許婚《いいなずけ》ができたと父に言われた日から、ずっと、どんなお方なのだろうと想像してきたのじゃ。父上を倒すほど強い、わらわの旦那さま……」

「だからって、知らない相手だろ？」

「でも、旦那さまはやっぱり素敵なお方であった。罠《わな》に掛かったわらわを助けてくれて……わらわの作ったご飯をおいしいと言ってくださって」

「だって、俺の罠だったし……ご飯は実際においしかったし」

シャルロッテは、もじもじと俯《うつむ》く。

「それに、凍《こご》えるわらわに手ずからスープを作ってくれた。帰ったほうがいいとは案じても、帰れと追い返すことはなさらなかった。……そのお気持ちが、わらわはとっても嬉しかったのじゃ」

そこまで言うと、口元までお湯の中に潜《もぐ》ってしまうシャルロッテ。

恥ずかしいのか、ぶくぶくと泡を作って、顔が赤いのをごまかしている。

意志は固そうだ……。

「そんなに好きになられるようなことをした覚えはないんだけどな……」

「そうやって、やさしさを当然のように持っておられるところがずるいのじゃ……」

ぶくぶくぶく……。

なんて答えればいいのかわからなくなって、俺は不自然な咳払《せきばら》いをした。

「……てか毎日背中を流すって、シャルロッテ、この家に毎日顔を出すつもりなのか？」

「何を言っておる？　わらわも今日からここに住むのじゃ」

「な⁉」

「夫婦なのだから当然の話だろう？」

「ええ⁉」

「オークたちも、住み込みで家のことをいろいろと手伝わせるつもりじゃ。この大御殿を維持していくには、人手が必要であろう？」

「まあ、たしかに……」

ちょっと張り切って、でかい家を作りすぎた自覚はある。

「ふつつかな下僕どもじゃが、オークたちのこともよろしく頼む」

「あ、ああ……」

なんだかいっきに大所帯になってしまった。

まあ彼らの手を借りて建てた家だからな……。

そんなことを考えていると……。

――ピポンッ。

ん？

いま何か聞こえたような……。

――ピポンッ。

あれ……？

スキルマになって数百年。

ずいぶん長いこと耳にしていなかったから、とっさに気づかなかったが、これはレベルアップ音だ。

けど、おかしいな……。

レベルもスキルもカンストしているはずなのに、どういうことだ？

「ステータス」

不思議に思いながら、ステータス画面を呼び出してみる。

目の前に現れた半透明のウインドウの中、『ｎｅｗ』のランプがついた部分を見て、俺は驚きの声を上げた。

「あ……！」

職業欄の表記がいつの間にか、『?‥?‥?‥』になっている。

勇者を辞《や》めたときから、俺は無職だったはずだ。

それなのに、なぜだか知らない間に、謎の職業に転職していた。

そもそもこの世界にある職業は、俺が修得したものですべてだと聞いていたんだが……。

とにかく詳細を確認する。

今の職業レベルは2。

それ以外の項目は書かれていない。

どういう職業で、何をすればレベルが上がっていくのかも、わからなかった。

これって隠し職業があったってことだよな……？

はっきりいって、動揺している。

『？？？』なんて、どう考えても謎すぎるし。

でもそれ以上に、わくわくする気持ちが膨らんできた。

この職業は、どういう方向にステータスが伸びていくんだろう。

どんな技を覚えられるのか。

職業に付随《ふずい》する必殺奥義《おうぎ》の威力は？

このハテナの部分は、いったいどうしたら解除されるんだろう。

なにはともあれ。

これでまたレベル上げを楽しめるようになったわけだ。

俺は口元がほころぶの感じながら、ステータス画面を閉じた。

こんなふうにして、暗黒大陸二日目の夜は、更《ふ》けていったのだった——。

第八話 ✦ 悪しき怪物は迷宮に潜む

かりかりに焼けたワニ蜂肉のベーコンに、ホラ吹き鳥のスクランブルエッグ。

搾《しぼ》りたての果汁を使ったブツブツジュースの並ぶ食卓で、俺は朝食をとっていた。

「さすがはわらわの旦那《だんな》さま、豪快な食べっぷりじゃ！　もっとたんと召し上がれ。おかわりもたっぷり用意してあるぞ」

エプロンを着けたシャルロッテは、俺が食べているところをうっとりと眺めながら、瞳を輝かせている。

倒木を切り出して作った大テーブルには、たくさんのオークたちも同席していた。

俺が暗黒大陸に住み始めて七日目。

ひとりでこの大陸にやってきたはずの俺だが、気づけばこんな大所帯で朝を迎えている。

ちなみに、オークたちが食べているのは彼ら自身が作った料理。

シャルロッテの手料理が振る舞われるのは俺だけだ。

なんでも、姫直々《じきじき》の愛妻料理は、旦那にのみ特別に振る舞われるものらしい。

「朝食は口に合ったか？　旦那さま」

「ああ。うまい」

そう言ったのは本心だ。

だが俺は、内心、物足りなさを感じていたのだろう。

「あとはパンがあれば、最高なんだけど……」

ついついポロッと、本音が漏《も》れてしまった。

「……」

その途端、かわいらしく微笑んでいたシャルロッテの表情が凍りついた。

「あ」

しまった。

「だ、だだだ旦那さま……！　どういうことじゃ！　わらわの朝食が、口に合わなかったということか……⁉　パンがなくともおなかいっぱいになるよう、スクランブルエッグを大量に作ったのじゃが駄目だったか……」

涙目になったシャルロッテが、俺のことを揺さぶってくる。

「兄貴ィ‼　いかに兄貴といえど、姫を泣かせるような男は、俺たち見逃すわけにはいきやせんぜ！」

「あ、いや、違うんだ。ごめん、つい……。――だけど、この辺で手に入る食材は肉、卵、キノコだけだろ？　そろそろ栄養が偏《かたよ》ってくるんじゃないかと思って……」

「栄養……!?」

シャルロッテに、人間にはさまざまな種類の食べ物が必要であることを伝える。

シャルロッテの作ってくれる食事に、不満があるわけではないと詫《わ》びて、ようやく納得してもらえた。

「ずっと考えていたんだが、そろそろ狩猟採集生活から、農耕生活に切り替えていこうかと思うんだ」

狩猟採集を中心とした暮らしのままじゃ、いろいろと不安要素もあるしな……。

一応、今のところは問題なく過ごせている。

けれど、この先、獲物《えもの》が連日取れないなんてことも考えられた。

やっぱりある程度、計画的に食材が手に入れられる環境を作ろう。

余剰《よじょう》分は備蓄に回したいし。

だって飢饉《ききん》にでもなったら大変だ。

いまもこうして後ろに付き従っているオークたちを、料理するとか言いだしかねないし……。

俺の自称嫁が……。


そんなわけで、生活圏内で耕《たがや》せそうな土地を探すことにした。

しかし。

「見事に干からびた土地ばかりだな……」

目の前に広がる荒野を見下ろして、ため息をつく。

全知スキルで辺りの地質を分析し終えた俺は、土の中に含まれた成分の一覧を前に、力なく頭を振った。

痩《や》せている。

その上、土を肥やすような微生物の存在も皆無だ。

この辺りに、生命力の強い雑草ばかり目立つ理由がよくわかった。

こんな状態では、耕したところで、作物が育つとは到底思えない。

土地を探して今日で三日目。

それだけかけて見て回ったどの土地も、この調子だった。

まいったな。

「場所を変えても、解決にならないってことか」

となると、痩せた大地を肥やすべきか。

再び全知スキルを使い、痩せた土地の肥やし方を調べる。

「なるほど……」

「どうじゃ？　旦那さま」

シャルロッテが心配そうに眉を下げて、俺の顔を覗《のぞ》き込んできた。

俺は彼女にも、検索の結果を説明した。

「動物のフンによって、土に微生物を混ぜることができるんだ。微生物は、土の中の物質を分解して、植物が栄養分を吸収できるようにしてくれる。だけどこの辺りの土には、微生物がいないんだ」

「なら、微生物を増やす必要があるのじゃな？」

「そう。そのために動物を飼って、微生物の豊富なフンを肥料にする。そして、ミミズにそれを耕させるんだ」

「ふむ……あ！」

シャルロッテが閃《ひらめ》いたように、ぽんと手を打つ。

「ならばミノタウロスとヨルムンガンドを、捕まえればよいのじゃ！」

ミノタウロスとヨルムンガンド……？

「ひ、姫……⁉」

オークたちが一斉に声を上げるが、シャルロッテはまったく聞いていない。

心なしか、オークたちの顔色が悪くなった気がする。

「大蛇と大牛。この暗黒大陸にも、うってつけの者たちがおる！」

ん？

んー……。

……ちょっと違うよな？

たしかにミノタウロスは頭が牛だけど、体は人間だし。

ヨルムンガンドのほうも、ミミズと似たような外見をしているものの、どっちかっていうと蛇だろう。

「ちっぽけな生物を使うより、巨大な怪物を利用したほうが、効率が増すのではないか？　肥料もほれ、ミノタウロスなら出すものの量も多いし」

「出すってなにを？」

「なにってそれはウン……」

「姫エエエエエエエ」

なぜか、オークたちが慌ててシャルロッテを止めに入る。

「人語を話すゆえ、意思の疎通《そつう》もはかれるしのう。いますぐここでふんばれ、とか」

「姫エエエエエエエエエ⁉」

「あ、それはいい」

「兄貴イイイイイイイイイイ⁉」

言葉が通じるなら、農業従事者として雇用できないかな。

交渉してみたくなってきた。

「そうと決まれば早速……」

「姫！　兄貴！　考え直してください！　あいつらはとんでもない怪物ですぜ⁉　いくら兄貴でも……」

蒼《あお》い顔をしたオークたちが、うろたえながら俺にまとわりついてくる。

「大丈夫大丈夫。まずはミノタウロスとやらに会いに行ってくるよ」

「あ、兄貴……」

「ならば、ヨルムンガンドはわらわに任《まか》せよ」

「姫‼　駄目ですって‼」

「うん。オークたちの言う通り、危険な場所に、お前は行くべきじゃない。どっちも俺が会いに行くから――……」

「わらわに夫の内助《ないじょ》をするなと申すのか！」

「いや、そうじゃないけど、危ない目に遭《あ》わせたくないしな」

「わらわは旦那さまにいいところを見せたいのじゃ！　お役に立って、よしよしされたいのじゃ！　護《まも》られるだけの妻ではなく、夫を支えられる伴侶《はんりょ》となりたいのじゃ‼」

ものすごく真剣に懇願《こんがん》される。

そんなうるうるした目で見つめないでほしい。

俺がいじめているような気分になってしまう……。

「旦那さま……お願いじゃ……。わらわに任せてくれるであろう……？」

「う……」

断れなかった。

俺はどうも、シャルロッテの懇願に弱いらしい。

シャルロッテたちに見送られながら旅立った俺は、半日かけて目的の島へと辿《たど》り着いた。

「おお……」

遺跡の中央に聳《そび》え立つ神殿を見上げ、感嘆《かんたん》の溜息がこぼれる。

白亜の神殿、ラビュリントス。

砂漠の真ん中に建てられた古い建築物で、女神像の彫刻された十二本の柱が支える、純白の神殿だ。

ミノタウロスは、この神殿を護《まも》っているらしい。

全知スキルによる迷宮《めいきゅう》の分析を読み終えて、俺はふむ、とその情報を反芻《はんすう》した。

久しぶりのダンジョンだ。

ミノタウロスがいるのは迷宮の最深部。

外からでもわかるほど、魔力に満ちた神殿だから、なにがあるかは予測不能だ。

気を引き締めていかないと……。

俺は深呼吸をしたあとで、最初の一歩を踏み出した。

その瞬間。

「……ッ！」

無数の槍《やり》が、真正面から飛んできた。

反射的にスキルを使って、防壁を作り弾《はじ》き飛ばす。

いきなりかよ。

石の床に散らばった槍は、先端がテラリと光っている。

……毒が塗ってあったのか。

侵入者用の罠《わな》ってところだろうな。

珍しいものでもなかったので、俺は気にせず先に進んだ。


待ち構えていたのは、ありがちな罠だった。

壁から突然、飛び出した剣先を屈《かが》んでかわし、襲い掛かってくる門番のゴーレムには、少しだけ休んでいてもらう。

地下道に潜《ひそ》んでいた眠り蛙《がえる》も追い払って、その棲処《すみか》である毒の水路は浄化しておいた。

すたすたと進んでいく俺を、神殿に棲《す》んでいるらしい欠伸蝙蝠《あくびこうもり》の群れが「あわわわ……」と言いながら見下ろしていたが、急いでいるのでどんどん進む。

少しだけ厄介《やっかい》だったのは、最深部へ続く入り口に仕掛けられた暗号だ。

ステンドグラスで囲まれた広い部屋の四隅に、天使の彫られた石像が置かれている。

「ダンジョントラップか」

どうやらステンドグラスに隠された暗号を解き明かし、それをヒントにして、石像を所定の位置に動かさなくてはならないようだ。

くすくすと笑う石像の天使たちが、『あなたに解けるかしら？』と尋《たず》ねてくる。

だが、暗号自体はなんでもない。

いままで何千ものダンジョンを攻略してきた俺にとって、このくらいならスキルを使わなくとも、大体のパターンでわかる。

厄介《やっかい》なのは、うっかり石像を壊してしまわないよう、細心の注意が必要という点だけだ。

「そういや過去にも、この手のダンジョンで苦労したなー……。鍵《かぎ》となる石像を粉々に砕いちゃって……」

そんな思い出を、半ば独り言のように口にすると、石像たちがシン……と静かになった。

そっと慎重に彼らを運び、なんとか壊さずに扉を開ける。

おとなしくしていてくれたから、集中できて助かった。

協力的で、いいやつらだな。

俺は心底ほっとしたし、石像の天使たちも、涙を流して成功を喜んでくれた。

それから、扉を開くとともに現れたストーン・ドラゴンをさっさと倒した。

あとは一本道で、迷うことなく辿り着いた最深部。

室内に入った瞬間、吼《ほ》えるような声が響き渡った。

「貴様、何やつだ！」

立派な角《つの》を持つ牛頭人身のミノタウロスが、目の前に立ちはだかる。

俺の身長の二倍はある巨体を見て、思わず感嘆の声がこぼれた。

「おお……」

すごい……。

格好いいな。

体にまとった重そうな鎧《よろい》。

屈強な筋肉と、ガタイの良さ。

男なら誰しもが憧《あこが》れるビジュアルをしている。

一方ミノタウロスのほうは、俺を見て怪訝《けげん》そうな様子だ。

「人間……？　人間が生きてここまで辿り着いただと？」

あ、そうだ。

いきなり進入しておいて、挨拶《あいさつ》もせずに見上げるのは失礼だな。

「はじめまして、俺は元勇者。いまはこの暗黒大陸でスローライフを満喫中《まんきつちゅう》だ。それであんたに話があるんだ。聞いてくれ」

「おおかた、私を倒しに来たのだろう。だがこのミノタウロス、そう容易《たやす》くは敗れぬぞ」

「いや、違う。実は死の谷に農園を作ろうと思っていて――……」

「さあ、このミノタウロスに力を示せ！　非力な人間よ！」

うわ。

まじか。

全然、話を聞いてくれない。

なんか目も血走っているし……。

でもとりあえず、こっちの意向を伝えて、なんとか誤解を解かないと……。

「うおおおお！」

唸《うな》り声とともに、俺に向かって振り翳《かざ》された拳による一撃。

一歩後ろに避けた俺は、地面に響いた衝撃を感じながら、考えてきた雇用条件を伝えた。

「あんたにもぜひ、農業面で協力してもらいたいんだ」

「馬鹿な……！　こいつ、俺の攻撃をかわしただと……!?」

「暗黒大陸の給料の相場は、まだよくわかっていない。だからその辺は、相談しながら決めたいと思う。週休は二日、まかない有りだ。福利厚生として、温泉にも入れる」

「ちょこまかと小癪《こしゃく》な！」

俺がいる場所目掛けて、何度も拳が振り下ろされる。

そのたび地面が揺れて、神殿の柱がみしみしと軋《きし》む。

「そう、そんな感じだ。もぐらも出るかもしれないから、その調子で叩いてもらいたい」

「くそ、何故《なぜ》当たらないのだ……!?」

「農業のことは俺も手探りだから、未経験でも心配はいらない。一緒に頑張っていけたらと思う」

「こいつ……俺の動きを、完全に見切って……。ならばこれでどうだ……!」

「だけど、うちの領地は岩が多くて荒れてるから、耕すときはもっと力を入れる必要があるかもしれない。そうだな、このくらいの……」

ミノタウロスの前の地面に向け、少しだけ力を入れて拳を叩き込んだ。

「フゴアアアッ……!?」

「あ」

まずい。

地面を叩くつもりが、突っ込んできたミノタウロスの顔に、がっつり当たってしまった。

響き渡った轟音《ごうおん》と衝撃。

ミノタウロスが後ろに吹き飛び、神殿の壁に叩きつけられる。

俺は若干焦《じゃっかんあせ》りながら、駆け寄っていった。

「ごめん！　そんなつもりはなかったんだ」

本当に申し訳ないと思ったが、口から血を流したミノタウロスは、何故か微笑みを浮かべていた。

「ふっ……。俺の負けだ……」

そう言って、その場にドカッと座り込んだ。

血走っていた目も、落ちつきを取り戻している。

「さあ、とどめを刺して『悪《あ》しきミノタウロス』を成敗《せいばい》するがいい……」

「成敗？　いや、違う。さっきから言ってるが、俺はあんたを倒すのが目的じゃない。農家になってくれないかって、誘いに来たんだ」

なのに、ぶん殴《なぐ》ってしまったなんて……本当に申し訳なく思う。

「……農家だと？」

「ああ、農家だ」

「農家……。農家と言ったら……や、野菜を作らせてもらえるということか……？」

突然、ミノタウロスが話題に食いついてきた。

「もしかして、興味があるのか？」

「あ、ああ……」

ミノタウロスは、ためらいがちな様子で頷《うなず》いた。

「ミノタウロスには、人肉食嗜好《しこう》があるなんて言うやつもいるが、あれは単なる噂だ。俺はベジタリアンなのだ！　野菜がとにかく大好きで……愛している……」

ならば打ってつけじゃないか。

「実は、独学で肥料の研究などもしていた」

「肥料？」

「ああ。料理の際に出た野菜くず——、いわゆる残飯を使って、肥料を作る貯蔵庫の研究だ。発酵《はっこう》を利用して、暗黒大陸の涸《か》れた土地でも、作物が育つように土壌《どじょう》を改良する」

「それは……」

俺が最も求めていたものだ。

「なあ、ミノタウロス。せっかくの機会だし、一緒に来ないか？」

ミノタウロスが、ごくりと喉《のど》を鳴らす。

「君も第二の人生を始めたらいい。農家としての新しい人生を」

「新しい人生か……」

まだ始めたばかりだけれど、先輩として自信を持ってお勧《すす》めする。

自分の夢見ていた暮らしを実現するのは、本当に楽しい日々だって。

「……承知した。……貴公は他種族、しかも人間だが、信頼できそうだ。世話になることにしよう」

ミノタウロスの言葉が、俺にはうれしかった。

ミノタウロスも、なんだかうれしそうだ。

「よろしく頼む。ミノタウロス」

「ああ……」

ミノタウロスはおずおずと、人差し指を差し出してきた。

なんだろう？

あ。

もしかして握手か？

俺からも手を伸ばし、その巨大な人差し指に振れる。

大きさの違いで、到底握手とは言えないやりとりになってしまった。

でも、ミノタウロスは満足したような表情で、ぎこちない笑顔を浮かべてみせてくれたのだった。

第九話 ✦ 危険な『姉上』と一触即発！

「そうと決まったら、早速、死の谷に来てくれ。あ、でもここからだと多少、距離があるから、通いというわけにはいかないよな。もし引っ越しの準備や、挨拶《あいさつ》をする家族がいるなら俺、外で待ってるよ」

「家族……家族はいるが……。だがしかし……挨拶はしないほうがいいだろう……」

「なに？　もしかしてケンカ中？　だったらなおさら、仲直りしていったほうがよくないか？」

「ううむ……。喧嘩というわけではないのだが……ううむ……」

「どうした？　歯切れが悪いな。悩み事なら相談に乗るよ」

そんなことを言いながら、ミノタウロスと連れ立って、ラビュリントス最深部の部屋から出ようとした時――。

突然、足元の床がガクンと音を立てて開いた。

「……！」

落とし穴……⁉

咄嗟《とっさ》に手を伸ばしてもどこにも届かない。

さすがに予測不能の事態で、落下は防げなかった。

「……っ、と」

空中で体勢を持ち直し、頭を上へ。

俺は受け身を取って着地したあと、さっと辺りを見回した。

「ここは……？」

疑問を持つと同時に、どん！　と走る震動。

同じく落下したらしいミノタウロスだ。

ミノタウロスもなんとか受け身を取ったようだ。

が、呆然《ぼうぜん》とした表情でキョロキョロと視線を動かしている。

そこは、がらんとした正方形の石室《いしむろ》だった。

四隅に簡素なオイルランプが置かれている。

でもそれ以外は何もない。

薄暗くて、黴《かび》の臭《にお》いに満ちている辛気臭《しんきくさ》い場所だ。

なんだか牢獄《ろうごく》みたいだな……。

「ミノタウロス、怪我《けが》はないか？」

頷《うなず》いたミノタウロスだが、表情はかたい。

「ああ、問題ない。……しかし、馬鹿な。いったいどういうことだ……。俺に対し、この仕掛けが発動するはずもないのに」

ミノタウロスにも予測できない罠《わな》が、この神殿にあったってことか。

「ラビュリントスの罠を管理しているのは、別の者なのか？」

「……！　しまった……これは……」

ミノタウロスは突然、頭を抱《かか》え込んだ。

「……姉上だ……」

「え？『姉上』？」

「ああ……。先ほどの会話を姉上に聞かれていたのだろう。それできっと仕掛けを動かしたのだ。俺を逃さぬために」

「逃がさないって……。なんで、ミノタウロスの姉さんがそんなことを？　ミノタウロスは閉じ込められていたのか？」

「そうではない。俺だって所用で出かけることもあるし、外出は自由だ。しかし、家を出て、独り立ちをするとなると、話は違う」

「どう違うんだ？」

「姉は父ミノス王から、俺の見張りを命じられている。俺が血迷って、地上に出たりしないように。うちの家族は、俺が一生ラビュリントスに閉じこもって暮らすことを、望んでいるのだ」

いったいどうしてなんだろう。

ひとりで生活すると、何か問題が発生するのか？

片づけられない症候群とか……。

経済感覚が破綻《はたん》しているとか……。

それともまさか……。

いまはこうして紳士的だけど、満月を見ると人が変わったようになるとか……？

それは違う動物か……。

「なあ、ミノタウロス。もしよかったら事情を話してくれないか？　これから雇用契約を結ぶわけだし。俺もミノタウロスに配慮する必要があることなら、知っておきたいんだ」

ミノタウロスは深いため息をついた。

「……恥ずかしい事情なんだが。俺は昔……」

ミノタウロスが語り始めようとする。

ところが……。

「……!?」

突然俺の腕に、ぞわっと鳥肌が立った。

まるで本能が危険を訴えてくるかのように。

「ごめん、ちょっと待った。……なんだか嫌な感じがするんだ」

並々ならぬ気配を感じながら、俺は静かに身構えた。

どこから近づいてくる?

右?　左?

……いや違う。

上だ。

「何か来る……」

そのとき――。

突然開け放たれた天井の穴から、長身の人影が、俺たちの前にすたっと降り立った。

姿を見せたのは、やたらに綺麗で、その美しさが何処《どこ》か得体《えたい》の知れなさを感じさせるような女性だ。

すらりと長い手で、柔らかく編み込まれ髪を、右肩に流しながら彼女が振り返る。

聖母のごとき微笑みを湛《たた》えた口元。

人ならざる者特有の、美しすぎる顔。

体のラインがよくわかる薄手の白いドレスをまとった彼女は、まるでギリシャ神話に出てくる女神のようだ。

ただ唯一《ゆいいつ》、女神にはないものが、彼女の頭からにょっきりと生えていた。

左右に伸びる、禍々《まがまが》しい二本の角《つの》だ。

「どこに行くのです？　ミノタウロスよ」

彼女の声が、石牢の中に反響する。

俺の背筋を、嫌な汗が伝い落ちた。

こんな寒気、魔王との戦いでも感じたことがない。

なんなんだ、いったい。

「姉上……」

これがミノタウロスの姉……？

俺は思わず面食らった。

咄嗟《とっさ》にふたりを見比べる。

筋骨隆々《きんこつりゅうりゅう》とした巨大なミノタウロスは、牛頭人身の存在だ。

一方の彼女は、華奢《きやしや》でほっそりとした人型の女性である。

女にしては背が高い。

でも、それもあくまで人間の範囲での話だった。

確かにふたりとも角を生やしているけれど……。

共通点は、むしろ角しか見当たらない。

あ、義理の姉弟とか……？

「ミノタウロス、返事をなさい。我が父母より血を分けた、たったひとりの弟よ！」

大仰《おうぎよう》な仕草で両手を広げながら、彼女がミノタウロスに呼びかける。

いま「血を分けた」って言ったよな……。

義理の姉弟の可能性は、あっさり却下された。

「ラビュリントスから出ていこうなど、正気とは思えません。そんなこと、許されるわけがないでしょう」

冷たく澄んだ声が室内に響く。

まただ。

彼女が喋《しやべ》ると、嫌な緊張感で、どうにも背筋が寒くなる。

もしかして、相当の手練《てだ》れなのだろうか。

「ですが姉上……！」

「言い訳は無用。それに父上もお怒りですよ」

「姉上、しかし――……」

「あなたは忘れてしまったのですか？　あの忌《い》まわしき過去を、呪縛《じゅばく》にも等しい苦痛を！」

……やっぱり、ミノタウロスには事情があるのか？

俺は固唾《かたず》を呑んで、ふたりのやりとりを見守った。

できればミノタウロスに加勢してやりたい。

でも事情がわからないので、口を挟みようがなかった。

「さあ今すぐ、新しくできたお友達に、断りの言葉を伝えるのです。外に出ようとするなど、自分が血迷っていたと認めるのです！」

「……姉上すまない……。それは……お断りいたす」

「な⁉　ミノタウロス……！」

「姉上や父上がなんと言おうと。俺はここを出ていくと決めたのです」

「わ、私は決して許しませんよ。……ミノタウロスが、このおうちから出ていくなんて……！」

ミノタウロスの姉が、すっと息を吸い込む。

俺も思わずごくりと喉を鳴らした、そのとき……。

「そんなのお姉ちゃん……、絶対……ぜーったい耐えられないんだからっ……‼」

「………………………え？」

え、ちょ、え⁉

……なんだって⁉

「大人になんてならなくていいの！　ミノタウロスはずっとここにいて、自立せず、働かず、ずっとお姉ちゃんの傍《そば》にいてくれれば！」

彼女はぶんぶんとかぶりを振って叫んだ。

さっきまでの神々《こうごう》しい女神像は崩壊。

もう単なるブラコン姉貴にしか見えない。

「しかし、姉上！」

「父上だってそう言っているのに！　うちの大事な長男が、また昔みたいにいじめられたら大変だって……！　だから、ね……⁉　ミノタウロスはおうちで、お姉ちゃんと一緒に楽しく暮らしましょう？」

「この愚息を案じてくださる父上の想いは痛いほど感じております。姉上のお気持ちも。ですが姉上、俺はもう護《まも》られるだけの子供ではない。夢があるのです」

……えーと。

……なんだこのやりとり……。

「な、何を言っているのです！　外の世界は、お前を虐《しいた》げる者ばかり。幼いころ、悪《あ》しきミノタウロスと石を投げられたこと、覚えているでしょう?」

「あの頃の悪童どもはもうおりません。姉上、あなたが排除してくださった」

「そう。私の役目は可愛いあなたを護ること……」

ぞくり、とした。

妙な気迫に、再び鳥肌が立つ。

「ミノタウロスを苦しめる世界なんていらない。出ていくというのなら、もういっそ世界を滅ぼすわ……」

ぶつぶつと漏《も》らしながら俯《うつむ》く彼女からは、黒い淀《よど》みのようなものが立ち昇る。

つまり。

ミノタウロスは、過保護な父親とブラコンの姉から束縛《そくばく》されてきた、ということか?

「……すまない、元勇者」

ミノタウロスがぐっと拳を握り締める。

「やはり、俺はともに行けないようだ」

「何言ってるんだ、ミノタウロス。簡単に諦《あきら》めるなよ」

「だがこれ以上、ごねれば貴公にも迷惑がかかるだろう。姉上は、俺を心配するあまり、国をひとつ滅ぼしかけたこともあるお方だ。──少しの間だったが……夢を叶《かな》えられたような気がして、うれしかった。礼を言わせてくれ、元勇者よ」

「ミノタウロス……。あんた、本当にそれでいいのか？　あんたは農業をするのが夢だったんだろう？」

「ぐぬっ……」

ミノタウロスが、悔しそうに拳を握り締める。

ほらな、やっぱり簡単に諦められる想いじゃないんだろう？

ミノタウロスの話を聞きながら、俺はちらっと天井を見た。

アリアドネが降りてきたあとも、天井は開け放たれたままだ。

……警戒心が足りないな。

恐らく天井までかなり距離があるし、脱出できないと思っているのだろう。

でも正直、俺一人であれば楽に脱出できる距離だ。

ミノタウロスを抱《かか》えていても、まあなんとかなるだろう。

問題はふたつ。

まず、この姉の存在。

彼女の戦闘能力は未知数だ。

それに彼女から流れ出てくる、背筋がゾッとするあの気配……。

あれのせいで、どうにもやりにくい。

問題のふたつめは、ミノタウロス自身。

彼がこの姉のせいで、諦めの気配を見せている点だ。

ミノタウロスに抵抗されたら、さすがに強行突破は難しい。

考えを巡らせながら隙《すき》を窺《うかが》っていると、彼女と目が合った。

「すみません……。挨拶が遅れましたね。私はミノタウロスの姉。アリアドネと申します」

ドレスの裾《すそ》を指先でつまんで、優雅な一礼。

言動以外の立ち居振る舞いは、やっぱり完璧な女神だ。

アリアドネは顔を上げると、笑みを浮かべて俺を見つめてきた。

「我が弟をたぶらかした憎いお方……。あなたのことは許せません」

ゆったりとした動きで首をかしげ、アリアドネが俺を指差す。

「あなたは弟に外の世界を示した。夢を見せてしまった。なんて余計なことを……。あなたが生きていれば、弟はいずれ外の世界への憧《あこが》れに飲み込まれてしまう」

腰につけていた短刀を、アリアドネがするりと抜き取る。

銀色の刃が光った。

「姉上！」

まずい。

臨戦態勢だ。

アリアドネの纏《まと》う負のオーラが増し、俺に対して殺気を注いでくる。

来る……！

「だからあなたを、消させていただきます……！」

叫びながら、アリアドネが突っ込んできた。

「――悪いな」

短刀による攻撃をかわし、細い手首を掴む。

俺はそのまま彼女を地面に倒し、逆に切っ先を彼女の首元に突きつけた。

「くっ……」

「アリアドネ、だったか。――あのさ、俺は、ミノタウロスの気持ちを応援してやりたいんだ」

自立うんぬんは、家族の問題だろうけど。

脅迫じみた言動で、夢を追いたい弟の道を阻《はば》むなんて、間違っているはずだ。

組み伏せたアリアドネを見下ろし、彼女の言葉を待つ。

「勇者様……」

「……っ……」

ぞくり。

また鳥肌。

いったいこれはなんだろう。

「……はあん……っ」

「……え？」

今の声は、なんだろう。

気のせいか、アリアドネが身悶《みもだ》えたような気がするんだが。

「男の子って、どうしてこうなのでしょうっ……」

「ん？」

「私を押し倒して、地べたに這《は》い蹲《つくば》らせるなんて……！　だめです。だめ。……ああでも、なんてヤンチャで可愛いの……!?」

錯覚じゃない。

俺の下のアリアドネが、転げ回って身悶えている。

地面の上で。

ごろごろと。

「これでは……」

アリアドネは困り果てたように口元に手を置くと、ほうっと深いため息をついた。

「ああ……母性本能が、くすぐられてしまいます……。どうしようもないぐらいに……」

「……!?」

ぞわっ。

アリアドネの慈愛に満ちたその声を聞き、俺は震え上がった。

彼女の頬が赤く染まっている。

うっとりと、恍惚《こうこつ》の表情を浮かべながら。

もしかしなくても……この人……変態……？

ぞわっ。

また寒気が……。

あれ？　そういうことなのか？

さっきから、アリアドネの強さに悪寒《おかん》がしていたわけじゃなくて……。

別の種類の危険を察知していたのか？

「……男の子はいつもそう。やんちゃな天使……。こうして暴れて泥だらけになって、いくつになっても無邪気な少年のまま……とっても愛らしいわ……」

ごろごろ転がったから、あんたも同じくらい汚れているぞ。

「お、おいミノタウロス。おまえの姉さん……これ、どうしたらいいんだ……。対処方法を教えてくれ」

「さすがだ、元勇者……。圧勝とはな……。姉上だって、女戦士として名の知れたお方だというのに……」

ミノタウロスがしみじみと言う。

いや、そうじゃない。

なんで外野気分で、感心してるんだ……。

「どうです姉上。ごらんになったでしょう。このお方の強さを。俺が何故《なぜ》この道を選ぶ決断をしたのか、おわかりいただけたはず」

「ええ……。理解したわ……。この子についていきたいと願ったおまえの心を」

あれ。

なぜだか、ミノタウロスの出立《しゅったつ》を許してくれそうな流れになっている。

わけがわからない。

でも、とりあえずはよかった。

そう思ってホッとしたとき、アリアドネが俺のほうを振り返った。

「ただし！　やはり弟ひとりで旅立たせるわけにはいきません。そんな状況、父も私も心配で心配で、どうにかなってしまいますから」

「まさか姉上……」

ミノタウロスがぶるりと震える。

アリアドネは俺とミノタウロスを見比べて、にっこりと微笑んだ。

「私も同行させていただきます」

え……!?

「だって、男の子ふたりだけじゃあお姉ちゃん心配だもの。ミノタウロスのことも、勇者くんのことも……ね」

「あ、えっと……元勇者だ……」

「わかりました。元勇者くん？」

小首をかしげて、にっこりと微笑むアリアドネ。

この微笑みは本当に女神の如《ごと》しって感じなのに……。

この人は中身がいろいろと残念すぎる。

……でもそうだな。

まとめて連れていけば全部、解決か。

「ミノタウロスはどう思う？」

「俺は……そうだな。姉上にも、もっと広い世界を見てもらいたい……」

そうか。

ふたりは、この孤島にある神殿の深部で、ずっと暮らしてきたんだ。

アリアドネが過度なブラコンになったのも、そんな環境のせいなのかもしれない。

「わかった。アリアドネ、君も一緒に来るといい」

「まあ……！」

アリアドネがばっと勢いよく顔を上げる。

彼女はそのまま、両手を広げると、俺とミノタウロスをヒシと抱き寄せた。

うわっ……⁉

「うれしいわ……‼」

ぎゅむ。

柔らかい何かが、顔面に押しつけられている。

息が……息ができない……。

「ありがとう。お姉ちゃん、きっとあなたたちを守ってみせますからね」

振り払いたい。

が、本気を出すと怪我をさせてしまう。

攻撃力爆増スキルのカンストを、このときばかりは悔いることになった。

「アリアドネ……！　息を……息をさせてくれ……ッ」

「あら……！」

「ぷはっ……」

ようやく口元が解放され、肩で息をつく。

俺たちのことを、まだ抱きしめたままのアリアドネが、蕩《とろ》けきった表情で見下ろしてくる。

「ふふ。そんなに一生懸命に息をして……ハァ……かわいらしいお方……」

そういうアリアドネこそ、頰を紅潮《こうちょう》させて、ハァハァ言っているし。

「ああ……！　ミノタウロスだけでなく、こんな可愛い弟が増えるなんて……！　元勇者くんのお姉ちゃんとして過ごす、これからの日々が楽しみです」

待て待て。

違う。

「俺が欲しかったのは、姉じゃなくて農家だからな……」

「では農奴《のうど》も兼任します」

奴隷はだめだ、奴隷は。

普通に農業をしてくれ。

それで十分だ。

「とりあえず普通に働いてくれればいいよ。ほどほどに。手を抜くぐらいでちょうどいい」

「まあ！　駄目ですよ、勇者くん！」

突然メガネをかけたアリアドネが、人差し指をつきつけてくる。

そのメガネ、どこから出した……？

「お姉ちゃんとして、そんな姿を弟に見せるわけにはいきません。弟にお世話をされる姉なんて……お世話を……って、あら……？　一生懸命私のお世話をしてくれる、ミノタウロスと元勇者くん……『だらしないな、姉貴は』なんて生意気な口をききながら、お風呂上がりの私の頭を拭《ふ》いてくれる……？　ああっ！　そ、それはそれで……興奮しますっ」

アリアドネは自分の体を抱きしめると、たまらないといったように身悶える。

それをぽかんと眺める俺。

「……ミノタウロス。あんたの姉さんは変わっているな……？」

「そうだな。姉上は少し変態の気《け》がある」

え。

少し?

これで……?


そんなこんなで俺は、ミノタウロスとアリアドネを連れて、死の谷へ帰還することになった。

道中では、自然の洞窟や大木の陰を利用して野営をした。

ベジタリアンを公言するミノタウロスの野草の知識はたいしたもので、食べられる草とそうでない草、実は毒を持っている草なんかを教えてもらった。

俺はミノタウロスに言われた通りの野草を集め、それを使ってアリアドネが料理を作ってくれた。

山菜の新芽を使った炒《いた》め物やスープで、心も腹も大いに満たされた。

夜は、「固い地面に弟たちを横たわらせるわけにはいきません!」とアリアドネが膝枕《ひざまくら》ならぬ胸枕を提案してきたのだが、それは全力で断った。

——そして、自宅に到着。

シャルロッテは俺が戻ってから半日後、ヨルムンガンドを連れて無事帰ってきた。

でも、そのあとが大変だった。

俺がミノタウロスと彼の『姉』を迎えたと知るや否《いな》や、修羅場《しゅらば》になった。

とにかくシャルロッテが、荒れて荒れて仕方ない。

「なんじゃ、その女は――――……!!」

「浮気じゃ浮気じゃ」と泣きじゃくり、宥《なだ》めようとしたオークたちに噛みつき、御殿の半分を破壊された。

まずい。

これはアリアドネに会わせられない。

ところが実際ふたりが、対面すると……。

「まあ！　なんて可愛らしいお嬢さんなのでしょう……！」

「……む……？」

アリアドネが瞳を潤《うる》ませて、シャルロッテを見下ろす。

「ふわふわのお耳。綺麗な髪……お人形さんのよう。この方が、元勇者くんの奥さんなのですね」

「お、奥さん……？」

シャルロッテは、そわそわとしはじめた。

『奥さん』……。ふむ。なかなかよい響きじゃな？　奥さんか……。奥さん。つまりわらわのこと。わらわは旦那さまの奥さんじゃ。ふふふ」

「元勇者くんの奥さんなら、私にとっては妹のようなもの。シャルロッテちゃん、お姉さんにいっぱい甘えてね……？」

「ふ、ふん。旦那さまを弟呼ばわりは気に食わんが……」

そんなことを言いつつも、シャルロッテは頬を染めてうれしそうだ。

「……兄貴。姫さまは早くに母君を亡くされていて、こういう母性全開の人には弱いんですよ」

オークたちが耳打ちをしてくる。

なるほど……。

「よし。そなた、このわらわの広い心に免じて、夫の下僕……そして、畏《おそ》れ多くもわらわの姉となることを許可する！」

「まあ、シャルロッテちゃん……！　こんなに早く認めてくれるなんて……！」

アリアドネが恍惚《こうこつ》の表情で、シャルロッテの手を取った。

待て待て待て。

俺の意思はどうなったんだ。

そもそもくどいようだが、シャルロッテのことを嫁にしたつもりはないんだけどな……。

「なあミノタウロス……」

「いい農場だ。これなら、俺特製の肥料を存分に生かせるだろう」

ミノタウロスは変態姉のことは放置で、満足そうに畑を眺めている。

一方、青い顔をしたオークたちは……。

「兄貴……ミノの旦那に、本当に肥料を出させるんですか……？」

「え？」

「ヨルムンガンドの旦那……その肥料と土を混ぜる役目なんて、おかわいそうに……」

そういえば、ミノタウロス考案の残飯から肥料を作る計画の話をしていなかったな。

まあいいか、それは明日伝えれば……。

第十話 ✦ 種まきとモフモフなお客さん

ミノタウロスとアリアドネを迎えた翌日――。

「ミノタウロスが考案した残飯発酵《はっこう》の仕組みにならって、料理の野菜くずや、周りの落ち葉から、肥料を作っていこうと思う」

俺の話を聞いたオークたちは、ホッとした様子で手を取り合っている。

ヨルムンガンドは涙を流しながら、拳を高々と掲《かか》げた。

「てことはオレ、糞《ふん》の中を泳がなくてすむんだな……！」

「よかったな……！　ヨルムンの旦那《だんな》、本当によかった……！」

「ああ、ありがとう……ありがとう、オークたち……!!」

なんだか、『ミノタウロスの肥料』というキーワードに関するみんなの反応が過剰《かじょう》だよな……。

「それにしても、ううむ……。見れば見るほどに、土作りのしがいがありそうな畑だ」

ミノタウロスが唸《うな》る。

俺もミノタウロスの隣に立って、薄紫色の空の下、農場となる予定の平野を見渡した。

家を建てたマグマ沼から、少し下った先にあるこの土地。

大地は固く踏みしめられている。

それに、大岩がごろごろと転がっていた。

けれど、何よりこの場所には、燦々《さんさん》と陽光が降りそそぐ。

熟れた果実の匂《にお》いがする風も、そよそよとやさしい。

死の谷の中では、この地がもっとも農地向きだろうと俺たちは判断した。

「ミノタウロス、元勇者くん、がんばりましょう。お姉ちゃんも、しっかりお手伝いしますからね」

「ありがとう、アリアドネ。――それでミノタウロス、何から取りかかろうか？」

「まずは岩をどうにかするんだ。雑草を抜いて、土を掘り起こす。そして肥料をまく」

ミノタウロスの後ろに並んだ樽《たる》。

これが、特製肥料だ。

「肥料は全体にまけばいいのか？」

俺はミノタウロスに尋《たず》ねた。

「いいや。肥料の与え方は、作物の育て方によって異なる。蒔《ま》く種は決めてあるのか？」

「ああ。全知スキルで、育てやすい作物について検索してみたんだ」

紙に書き出した作物のリストを確認しながら、ミノタウロスに伝える。

「とりあえずはデビルトマト、地獄かぼちゃ、八裂菜《はつれつさい》を試してみたいと思う」

「デビルトマトと八裂菜は根を深く張る作物だ。全面施肥《せひ》と言うのだが、土と肥料をよく混ぜた畑を作るべきだろう」

ミノタウロスが言ったことをもとに、アリアドネがペンを走らせる。

「それならこの区画を、全面施肥の畑として耕《たがや》してはどうかしら？」

アリアドネが指差した場所を見て、俺は首を傾《かし》げた。

「ちょっと畑が狭くないか？　こんなに土地があるんだし、もっと広くてもいいような……」

「いかん。作物を育てるほどに土は痩《や》せる。無理に使う必要のない土地は、肥料をまきつつ休ませる必要があるのだ」

ミノタウロスが教えてくれた。

なるほどな。

土も、作物を育て続けていては、疲弊《ひへい》するってことか。

「じゃあ地獄かぼちゃは、どんな感じだ？」

「地獄かぼちゃは、広く浅く根を伸ばしていく」

ミノタウロスは枝を用いて、地面に絵を描きながら説明してくれた。

横にじわじわと伸びる地獄かぼちゃの根。

種を植えるときは、かなり間隔を取ったほうがよさそうだ。

「こういう作物は、溝施肥《みぞせひ》と呼ばれる肥料の与え方がいい」

「溝施肥？」

「地面に三〇センチ程度の深さの溝を掘って、一番下に肥料をまく。その上に土を敷いて、種をまき、また上から土をかぶせるのだ」

「じゃあ、作物によって耕し方が変わるんだな」

「ああ。ただし、最初の土壌《どじょう》作りは共通だ。畑全面に肥料をまいたら、鍬《くわ》を用いて土とよく混ぜる。土壌の酸性度を調整したところで盛り土をして……といった具合だ」

「ミノタウロス……いっぱいお勉強したのね。えらいわ」

「た、たいしたことはない……」

アリアドネに褒《ほ》められて、ミノタウロスはしどろもどろしている。

「ところで元勇者よ。本来、畑は耕したあと、一カ月ほど雨風にさらしておくほうがよい。今回休ませておく土地は、そのように取り計らってくれ」

「そうなんだ、了解」

話し合いながら区画を決めていくと、最初は狭く感じた畑も、結構な範囲のものになることがわかった。

俺たちの初めての畑。

そう思うだけで、わくわくする。

「しかし最初から難関が立ちはだかっているな」

ミノタウロスは、畑に転がった大岩を見渡した。

「岩を運ぶための道具作りから始めるべきか」

「いいよ。俺がやるから」

「なんだと？」

俺は手近な岩まで歩いていくと、右肩を押さえて腕を回した。

「剛腕スキルを発動させて……よいしょっ、と」

一撃。

拳を大きく振り下ろすと、岩は粉々に砕け散った。

「なっ……」

「まあ、すごい‼」

ミノタウロスとアリアドネが驚いている。

それにしても、力加減が難しいな。

粉末になるまで砕いてしまって、土に混ざるのもよくないだろうし……。

「岩は俺が砕いていく。百個はありそうだから、そうだな。十分ほど待ってもらえるか？」

「わ、わかった」

岩を砕き終わると、姉弟はさっそく農作業を開始してくれた。

ヨルムンガンドも、せっせと二人に協力している。

猛烈なスピードで土の中を這い回って、乾いた大地をポコポコと掘り起こす。

すごいな。

ミミズだったら、何千匹捕まえてこようとも、こうはいかない。

集まったオークたちも、感心の声を上げた。

ただ、ひとつ気になることが……。

シャルロッテを見るたび、ヨルムンガンドが怯《おび》えるのだ。

震え上がって、さらに作業スピードがアップする。

ブラック企業にはなりたくないので、一応、声をかけてみた。

「なあ、ヨルムンガンド。もしかして、シャルロッテに脅《おど》されてたりしないか？」

「な、ななな……なんでそんなことを聞くんだよっ……⁉」

ヨルムンガンドの声が引っくり返る。

動揺しすぎだ。

「いやいや働いていないか心配なんだ」

「し、心配すんな……。オ、オレは喜んで働いてるっての。ハハハ……ハハ……」

それならいいけど。

……って、あれ？

でもいま、脅されてることに関しては否定しなかった？

「ふたりで何を話しておるのじゃ？」

ちょうどそのとき、俺たちのほうへ、シャルロッテが歩み寄ってきた。

その途端、ヨルムンガンドの表情が変わった。

「ヒッ……！　オ、オオオレはサボってないからなっ……！　も、戻る……！　仕事仕事‼」

うわ……。

めちゃくちゃ怯《おび》えている。

半泣きだし。

逃げるように地面に潜《もぐ》っていったヨルムンガンドを、同情しつつ見送る。

「シャルロッテ……。おまえ、ヨルムンガンドを脅して連れてきたな……？」

「聞こえない聞こえない」

耳を伏せて、シャルロッテが明後日《あさって》のほうを向く。

まったく困ったやつだ。

「ヨルムンの旦那！　そう根《こん》を詰めず、休憩しましょう！」

「アリアドネの姐《あね》さんが、ゲジゲジ麦で作った麦茶を冷やしておいてくれたんッス！」

「だ、だが……オレは、サボっては……」

ヨルムンガンドがチラッとこちらに視線を向ける。

「シャルロッテ、頷《うなず》き返してやれ」

「むう……旦那さまがそう言うのなら……よかろう」

「ヨルムンガンドも休んでよいぞ！」

シャルロッテが声をかけると、ヨルムンガンドはホッとしたように尻尾を揺らした。

「適度な休憩も大事ですからね！　ほらほら、旦那！　早く出てきてくださいよ」

「それじゃあちょっとだけ……」

オークたちに誘われて、ヨルムンガンドがうねうねと木陰に移動していく。

あいつら仲良さそうだな。

シャルロッテに困らされてる者同士、意気投合したというところだろうか。

オークたちも、最初はヨルムンガンドの勧誘に反対していたけど。

この様子なら、大丈夫そうだ。

「旦那さまはこれから、種を集めに行くのであろう?」

シャルロッテが、ひょこっと俺の顔を覗《のぞ》き込んでくる。

「ああ。そのつもりだ」

暗黒大陸に雑貨屋は存在しない。

だから種が欲しいなら自力で集めるしかない。

朝早くから耕耘《こううん》に入ったため、陽《ひ》の位置はまだてっぺん前。

だけど、そろそろ急いだほうがいいな。

みんなのがんばりのおかげで、耕す作業も意外に早く終わりそうだし。

「旦那さまの留守中、わらわにできることはないか?　妻としてそなたの役に立ちたいのじゃ」

「そう言われてもな……」

手は十分に足りている。

それにシャルロッテが近くにいると、一部の心労がすごそうだし……。

「家に帰ってのんびりしてたらどうだ?」

だがシャルロッテはその返事が気に入らなかったらしい。

「わらわに何かを命じるのじゃ！　あの者たちの助けがあるから、わらわを頼らないというのなら、連中の手など切断してくれるわ！　そうすればあやつら、旦那さまの手伝いができなくなるぞ。むふふ」

まずい。

突然凶悪な魔族の顔が表に出てきた。

なんでもいいから、頼みごと……。

「あー……。じゃあ昼飯の準備をしてくれるか？　農作業でがんばってくれているみんなの分も一緒に」

すると、シャルロッテはぱっと表情を輝かせた。

「よいぞよいぞ！『旦那さまと旦那さまの使っている者たちのため、食事の用意をする』なんて！　とっても嫁っぽい頼まれごとじゃ！」

ものすごくはりきっている。

普段は「わらわの手料理は旦那さま特権じゃ」と言っているのだが、みんなの世話を引き受けてくれてよかった。

そんなわけで、昼飯の準備はシャルロッテに任《まか》せ……。

俺はマグマ沼の東側に広がる常闇《とこやみ》の森で、種集めに精を出した。

途中、怪鳥に襲撃されたり、食人花に飲み込まれそうになったりもしたが、おおむね順調に進んだ。

瞬《また》く間に時間は流れて、昼過ぎ――。

集めた種を手に畑へ戻ると、シャルロッテが昼飯の載《の》ったトレーを抱《かか》えて、家のほうからやってくるところだった。

アリアドネも手伝ってくれたらしく、シャルロッテの後ろで同じトレーを持っている。

「うふふ。ふたりでキッチンに並んでお料理なんて。本当の姉妹みたい！　楽しかったですね、シャルロッテちゃん」

「ふ、ふん……。そなたの手伝いなどなくとも、本当ならわらわひとりで十分だったのじゃ」

うれしそうなアリアドネと、まんざらでもない様子のシャルロッテ。

「そうですね。お姉ちゃんのほうがお手伝いしてもらっちゃいました。お料理上手な妹とふたりでキッチンに立つ……昔から、憧《あこが》れてたんです」

仲良くしてるならいうことはない。

さて、二人が用意してくれたのは——なんとサンドイッチだ。

「旦那さま、ついに待望のパン料理じゃ！　アリアドネたちが実家から、むらさき麦を持ってきていたので、パンを焼けたのじゃ」

「ああ、そっか。俺が食べたがっていたのを覚えてくれていたんだな。ありがとう」

シャルロッテは頬を染めながら、はにかんだような笑みを浮かべた。

サンドイッチのほうは……うん、なかなかすごい見た目だ。

パンは紫色だし、ハムは真っ赤、おまけに小動物の尻尾のようなものが飛び出している。

でも、味のほうはまた、すこぶるおいしかった。

シャルロッテはやっぱり料理上手だな。

俺は改めて感心した。

「ポットに入れてマンドラゴラ茶も持ってきておるぞ。旦那さま、飲まれるか？　ふーふーして冷ましておいたほうがよいか？　おや。口の端にパン屑《くず》がついておるぞ。わらわが取ってやろう。こちらを向いてくだされ」

「いや、大丈夫。自分で取れる」

「もう！　わらわがやりたいのじゃ！」

シャルロッテがやたらと世話を焼きたがる。

彼女はいつもこんな感じだ。

甲斐甲斐《かいがい》しいというか、なんというか……。

遠くのほうで食事をしているアリアドネとオークたちが、目を細めてほのぼのとこちらを見守っている。

「旦那さま、おかわりはどうじゃ？　次はどのサンドイッチがよい？」

「なあシャルロッテ、俺のことはいいから、おまえも落ち着いて食べな」

「う、うむ。旦那さまがそう言うのなら……」

隣に座り直したシャルロッテが、なぜか頬を赤らめている。

どうしたんだ、突然。

「旦那さま……。……今のやり取り……とても夫婦っぽかったのう……」

恥ずかしそうに、もじもじしながら言われた。

そ、そうか……？

俺にはよくわからない。

だが、シャルロッテがなんだか上機嫌になったようなので、よしとしよう。

お陰で昼食も、ゆっくりとることが出来たしな。

昼休憩後――。

ミノタウロスから、耕した区画の様子を説明された。

掘ってみれば、土の中には小石がごろごろ。

ヨルムンガンドが掘り起こした小石は、オークたちによってせっせと取り除かれたらしい。

小石を撤去《てっきょ》したあとは、土に肥料を混ぜ、それぞれの作物に適した土壌と畝《うね》を作った。

ここまでが、午前中に行われた作業だそうだ。

この広い土地を、こんな短時間に耕してくれるなんて。

みんなの協力には、本当に感謝しかない。

「やれるだけのことはやってみた。これで種まきをして、しばらく様子を見たいと思う」

「わかった。ありがとう。種は用意してあるから。さっそくみんなでまいてみよう」

「腹もいっぱいになったし、午後もはりきってがんばりますよ、兄貴！」

気合の声を上げたオークたちが、種を手に、耕したばかりの畑に向かっていく。

種まきの仕方は、ミノタウロスが丁寧《ていねい》に説明してくれた。

そして、彼らに過剰《かじょう》な発破《はっぱ》をかけているのが、シャルロッテだ。

「さぁオークたち！　わらわに狩られたくなければ、息する間も惜しんで種をまくのじゃ！」

「……。……だめだ姫さまの監視の目がおっかなすぎる」

「ああ……。手が震えてまともに種まきができねぇよ……」

「何を無駄口なんぞ叩いておる⁉」

「ひっ……！」

話に関係ないヨルムンガンドが、土の中で悲鳴を上げた。

「まあまあ、のんびりでいいよ」

シャルロッテを宥《なだ》め、ヨルムンガンドを励ましつつ、俺も種まきをする。

作物ごとに必要な間隔を取りながら、人差し指で開けた穴に、種を落として……。

ひとすくいの土をふんわりとかぶせたら、上から手を置く程度の強さで、土を押さえる。

こうすることで、水やりのときに種が流れるのを防げる。

ミノタウロスによると、土の中に残った水分は、発芽の手助けをしてくれるらしい。

俺は黙々と一連の作業を繰り返し、自分の手で丁寧《ていねい》に種をまいていった。

楽しい……。

自分の手で土をいじるのも、ぽかぽかと陽を浴びながら、空の下で作業をするのも、すごく楽しい。

ところがそのとき……。

「ん……？」
なんだか気配が……。
背後から視線を感じて振り返る。
別に誰もいない。
そこにはただ常闇の森が広がっているだけだ。
でもまた作業に戻ってしばらくすると……。
……やっぱり視線を感じる。
しかもかなりの数の。
……なんかいるよな？
もう一度振り返り、さっきより真剣に様子を窺《うかが》う。
あ。
やっぱりいる。
木々の合間から一瞬顔を覗かせた。
子犬のようにもこもこした生き物たち。
――あれは、コボルトだ。
魔族の中でも小柄《こがら》な連中。

見た目は灰色の小さなオオカミ。

でもコボルトは、オオカミと違って二足歩行をする。

それに獰猛《どうもう》さはなく、かなり臆病な性格をしている。

人間界で言うと、野生のウサギやリスみたいな存在だ。

普段、自分たちより大きい生き物には近づいてこないはずなのに……。

なんで寄ってきたんだ？

しかも少しずつじわじわと、こっちに近づいてきている。

さすがに俺以外の連中も、コボルトの存在に気づいたらしく、手を止めて森を振り返った。

「ちびで下等な一族の分際《ぶんざい》で、わらわたちを盗み見るとは！　わらわが塵《ちり》にしてくれよう！」

はりきって飛び出していこうとするシャルロッテを、慌《あわ》てて止める。

「いや。待った。いいよ見るぐらい。ほうっておいてやろう」

何か害をなすわけでもないし。

「むぅ……。旦那さまがそう言うのなら、わらわは従うが……」

不満げな顔をしつつも、シャルロッテは俺の傍《かたわ》らに戻ってきた。

そんな感じでコボルトを放置したまま種まき作業を続けていると、しばらくして彼らはついに、森の中から出てきた。

どうやら俺たちのしていることがよっぽど気になるらしい。

最終的には、好奇心を抑えきれなくなったのか。

恐る恐るという様子で声をかけてきた。

「……ね、ねえ……。……なに……してるの？」

「種まきだよ」

「種ってなあに……？」

「ああ、ええっと……」

種まきと収穫について、ざっくり説明する。

「土を耕して、種をまいて、水をやると植物が育つんだ。その植物に花が咲いたり、食べられる実が生《な》ったりする」

食べ物が作られるという話になると、コボルトたちは途端にはしゃぎ始めた。

「あたちたち、ごはん大好きヨ！」

「あたちたち、ごはんできるの見に来る！」

もふもふの体をぴょんぴょんと跳ねさせて、コボルトたちはよろこんだ。

それから毎日、コボルトたちは畑にやってきた。

すっかりこの辺りに住み着いてしまったらしい。

明け方には、畑の前で待機し始める。

農作業が始まると、みんなで横一列になって、ミノタウロスとヨルムンガンドを、ひたすら眺めている。

たまに声援をかけている姿も、目にするようになった。

ミノタウロスとヨルムンガンドは、小さいものの扱いに慣れていないらしく戸惑《とまど》っていたが、うれしそうでもあった。

ある日、ミノタウロスがこう尋ねてきた。

「作物が育ったら分けてやってもいいだろうか？　小さいお客人たちに」

もちろん俺は承諾《しょうだく》した。

兎《と》にも角《かく》にも、収穫の時期が楽しみだ。

第十一話✦生存戦略、コボルトを救え

種まきから二十日《はつか》後。

このところ、畑の世話はミノタウロスとアリアドネ、ヨルムンガンドに任《まか》せていた。

もちろん俺も、時間があるときは、水を撒《ま》いたり、生育具合を確かめたりしている。

ただ最近はちょっと、他の仕事に追われがちだった。

まず小さな魔族たちの家を建設。

小さな魔族たちとはつまり、飽きずに畑見学を続ける、子犬のようにもふもふした彼ら――コボルトたちのことだ。

しかも、あれから仲間が増えた。

最初はコボルトだけだったのが、ゴブリンなんかの他の魔物も、姿を見せるようになったのだ。

畑の周りで団子《だんご》になって農作業を応援する彼ら。

すっかり顔なじみになってきた彼らから、あるとき相談を受けた。

「あたちたち……おうちが欲しいの。だって野宿はとっても寒いのヨ」

そうだったのか……。

毛皮を身にまとった彼らだから、寒さなんて平気で暮らしているのかと思っていた。

でも寒いなら、すぐに解決してやらなければならない。

で、家作りというわけだ。

俺の身長ほどしかない小さな家を、世帯の数だけ、せっせと建てていく。

俺はここで、自宅のときにはできなかった『スキルを使わずに、自分の手で家を建てる』という夢を果たした。

固めの地面を掘り、土台を作って、柱を打ち込む。

木の家にするか、レンガ造りにするか、それは家主の希望に沿った。

「あたちたち、井戸も欲しいの！」

「それから、パンを焼くところもヨ！」

「元勇者さま、作ってくれる？」

俺の周りにコボルトたちが群がってくる。

「ああ、いいよ。それじゃあ、共同の炊事場を作って、そこに水汲《みずく》み場や共用のかまどを置くか……」

どんどんコボルトの家とゴブリンの家を作っていった結果、一帯は小さな村のようになった。

「すごいわ、あなた‼」

「なんということだ……これほどまでに心地よい寝床があるとは……」

評判が評判を呼ぶ状態だ。

俺の家をみんな気に入ってくれたらしく、続々と魔物たちが村に集まってきた。

けれど……。

それにより、揉《も》め事が頻発《ひんぱつ》するようになった。

揉め事というよりも、弱いものいじめだ。

オークはゴブリンとコボルトを。

ゴブリンはコボルトを。

コボルトは、彼らの中でも小柄《こがら》なコボルトを標的にした。

「あーんあーん、ごはん、取られちゃったの……」

「ゴブリンたち、怖いよう……」

絶えない嘆《なげ》きの声に、俺は頭を抱《かか》えた。

揉めるのはいつも、強者と弱者。

喧嘩の理由は毎回同じ、物の奪い合いだ。
魔族は人と違う。
何か手に入れたいものがあるとき、まず奪うということを考える。
奪えなければ盗む。
盗めなければ壊す。
基本的にその三択しかないようだった。
しかも、弱者は強者に虐《しいた》げられる。
それが普通なのだ。
魔族は自分たちが悪《あ》しき者であることに、誇りを持っているしな……。
でも殺伐《さつばつ》とした空気は、御免こうむりたい。
まったり楽しむスローライフが、俺の目指すところだし。
魔族だとしても、ここで共存していくなら、仲良くしてほしい。
できる限りは。
「こうなったら居住区を分けるか？　……でもなあ」
そんなことをしたら、溝《みぞ》が決定的に深まりそうだ。
俺が悩んでいると……。

欲しいものがあるとき、奪う、盗む、壊す以外の四つ目の方法を作ってみたらどうかな？

普通、人間は、欲しいものを買いに行く。

でも魔族たちの間に、交易という概念《がいねん》は今のところなさそうだ。

ゆくゆくは必要になるとしても、貨幣《かへい》経済を取り入れるなら、しっかりとした準備が必要だろう。

となると……。

原始的な方法だけど、物々交換。

これが一番じゃないか？

ということで俺は試しに、交換所を作ってみた。

一方的に誰かの物を奪うのは禁止。

欲しいときは、自分でも何かを差し出して、物々交換をするルールだ。

物々交換は、個々でやりとりするんじゃなく、必ず交換所を通して行うこと。

相手を脅《おど》して、一方的な交換をさせるやつが出ないようにだ。

「わあ、暴れ木苺《きいちご》だ！　俺、このサビキノコと交換してもらおう！」

「あの木彫りのグリズリー……欲しいけど、またまだ交換のためのオニドングリが溜まらねえなあ。よし、森に集めに行ってみるかな！」

「ママー、僕の拾ってきた金剛貝《こんごうがい》の貝殻《かいがら》、誰かに交換してもらえるかなあ？」

交換所は、思った以上の盛況を見せた。

まだルールは浸透していなくて、時々トラブルもあるが、ひとりひとりに説明すればわかってくれそうな感触だ。

そんなわけで畑、交換所、魔族村を見回るのが俺の日課になった。

今日もまた見回りに向かう。

まずは畑から。

辿《たど》り着くと、ミノタウロスとヨルムンガンドが、畑の前で話し合いをしていた。

ずいぶん深刻な雰囲気だ。

理由は予想がついた。

俺はがっかりしつつ、彼らのもとへ向かった。

「元勇者……。今、枯れた作物の撤去《てっきょ》を終えたところだ」

やっぱりか……。

畑を耕《たがや》し、みんなでまいた作物の種だが、その後の成長が芳《かんば》しくない。

「これで、まいたうち半分がだめになってしまった」

「そうか……。やっぱりなかなか難しいな……」

納屋《なや》の屋根に留まった一羽のカラスが、相槌《あいづち》を打つようにカーと鳴いた。

あいつもおこぼれを期待していたのかもしれない。

残念ながら、分けてやれるのは、もうしばらく先になりそうだ。

「芽は出たのにな……」

「ああ……。肥料も撒いている。水やりも十分のはずだ。しかし栄養分を吸収できていないのか、育たない……」

「なるほどな……」

ミノタウロスが、がっくりと肩を落とす。

そんなに落ち込むなって。

「結果を出せなくてすまない……」

「気にしなくていいよ。農業って慣れるまで、失敗続きだとか言うし」

「……まだ働かせてもらえるだろうか？」

「当たり前じゃないか。何を言っているんだ？」

そんなことを気にしていたのか。

こういう試行錯誤だって、スローライフの醍醐味《だいごみ》だ。

「ミノタウロスが嫌だと言いだすまで、こっちから辞《や》めてくれと言うことはないよ」

「そうか。恩に着る……」

「誰かが悪いせいで失敗しているわけじゃない。まあのんびりやろう」

と、それまで黙っていたヨルムンガンドが、スクッと体を伸ばした。

「なあなあ……！　大将はそう言うけどなぁ!?　あんたにゾッコンの姫さんはそうじゃねえだろぉ!?　……ややややべーよ……。なあ……。またあのお姫さんにキレられちまうよぉぉぉ……」

「ご、ごめんな……」

巨大な体をくねらせて、ヨルムンガンドが怯《おび》える。

そんなに怖いのか。

シャルロッテは、しばらく畑に近づけないほうがいいだろう。

「シャルロッテのことは心配しなくていい。俺が言い聞かせるから。ふたりは農作業を引き続き頼む」

「承知した。様子を見つつ、原因を探してみよう」

「姫さんのことはホントに頼むぜ、大将……‼」

「ああ、わかった。それじゃあふたりとも、よろしくな」
作物が育たない理由……。
実をいえば、その理由を調べて、対策を練ることは正直簡単だ。
全知スキルで畑をスキャンすればいい。
その後、検索スキルで原因の対策方法を知れば、すぐに手も打てる。
でもそれはちょっと違う気がした。
チートすぎると、ゲームがつまらなくなるのと一緒だ。
ほどほどに。
バランスを考えて。
とくに今、ミノタウロスとヨルムンガンドは、努力してくれている。
俺がチートスキルで答えを教えるのは、彼らにも失礼だろう。
この考え自体、俺の自己満足だろって思えることもある。
……でもまあいいだろ?
俺の力だ。
好きに使ったってさ。

さて、それから数日後――。

朝ごはんを食べ終わった俺は、シャルロッテの淹《い》れてくたマンドラゴラ茶を飲んで、のんびりしていた。

そこに異変の知らせが飛び込んできた。

「元勇者くん、大変です……！　コボルトさんたちのッ……！　様子がおかしいんです……！」

「……！」

血相を変えたアリアドネの姿を見て、俺はソファーから体を起こした。

「なんだ……？　どうした？　コボルトに何があったんだ？」

「それが……っ……」

膝《ひざ》に両手をついたアリアドネが、乱れた呼吸を整えている。

「……みんな、倒れてしまって……」

「倒れた⁉」

「昨日、数匹のコボルトさんの体調が悪くなったんです。風邪《かぜ》だとおっしゃっていたんですが……。みんな軽く咳《せき》をしていて。でも今朝になったら、村のコボルトさん全員が、同じ症状で寝込んでしまったんです……！」

「全員って……」

村には今たしか、五十近いコボルトが暮らしているはずだ。

それが全員、病気だって？

伝染病の類《たぐい》だろうか。

「しかもみんな一斉に寝込んでいるので、看病する者が私しかいなくて……」

「わかった。急いで様子を見に行くよ」

「お願いします……！」

アリアドネと村へ向かうため、席を立つ。

「わらわも行く！」

当然のようにシャルロッテもついてきた。

「うつる病気かもしれないから、留守番したほうがいいぞ」

「いやじゃ！　うつるなら、旦那《だんな》さまだって危ないはずじゃ！　わらわが病原菌から旦那さまを守るのじゃ！」

「俺は不死身なんだけどな……」

シャルロッテは俺の腕にしがみついてきた。

「何が何でもわらわもついていくぞっ！」

意固地になっているシャルロッテのつむじを見下ろして、俺は額《ひたい》に手を当てた。

心配されているのか……。

仕方ないから、しがみついているシャルロッテを脇に抱えたまま、俺はコボルト居住区へと向かった。

まずは一番近い家を訪問してみる。

ノックをすると、返事の代わりに咳をする声が聞こえてきた。

「けほっ、こほっ」

「邪魔するぞ」

一声かけて中に入る。

アリアドネの報告どおり、コボルトたちは床《とこ》に臥《ふ》せっていた。

「元勇者さま、こんにちは……ゴホッ……」

「いいんだ。寝ててくれ」

たった一日寝込んでいるだけなのに、ずいぶんやつれている。

見るからに苦しげで、胸が痛んだ。

だが、俺はこういうとき、うまい言葉を探せない。

「風邪ひどそうだな……」

「ケホッ……そうヨ……。コホコホ……。コボルトだけがかかる病気なのヨ……」

二段ベッドの下段に寝ているコボルトが、返事をする。

「とっても苦しいのヨ……。ごほごほっ……」

上段に寝ているコボルトも、体を起こして訴えかけてきた。

「起きなくていい。寝ていろ」

「わかったわ……。ごほっ……」

小さな体を丸めて、咳をする。

寝ていても、すごく苦しそうだ。

「なにか薬とかないのか？　どうしたら治る？」

いてもたってもいられずに尋《たず》ねるが、彼らは力なく首を振るばかり。

「百日間、寝てるしかないのヨ……けほけほ……」

「いつもそうやって乗り越えてきたのヨ……ごほごほ……」

百日間⁉

そんなに苦しみ続けるなんて、見ていられない。

もっと効果的な方法はないのか？

こういうときこそ、全知スキルだ。

コボルト風邪の治し方について、調べてみることにした。

「『コボルト風邪。通称百日風邪。百日間、ひどい咳と高熱に見舞われる』……。それじゃあ特効薬は……『コボルト風邪の特効薬ヨクキクナール。治癒《ちゆ》の力を持つ魔女の限定生成薬』」

俺はデータを読み上げたあと、小さく溜息をついた。

「限定生成薬か……。それじゃあ俺には作れないな」

全スキルをカンストしていても、これだけはどうにもならない問題。

限定生成薬は、俺の唯一の弱点とも言えた。

この世界には、大きく分けて二種類の薬が存在する。

通常生成薬と限定生成薬だ。

通常生成薬はレシピと熟練度さえ上げれば、薬師《くすし》スキルを用いて誰でも作り出せる。

だが、限定生成薬はそうはいかない。

特殊能力を持つ者や、ある一族だけしか作り出すことができない。

それが限定生成薬だ。

しかも特殊能力はスキルとは違って、遺伝で引き継がれるものだ。

だから、何百年かけてどれだけ修業をしようが、俺が能力を得ることはできない。

……となると薬を分けてくれそうな魔女を探すしかないな。

一番近くで暮らす魔女について検索をかける。

死の谷の北、『クスクス山』の麓《ふもと》に、魔力を帯びた『甘イ欲望ノ森』がある。

そこに『ララ五三世』という魔女が住んでいるらしい。

甘イ欲望ノ森は、ここから北に向かって半日ほどで、辿り着けるらしい。

——よし、行こう。

「シャルロッテ、アリアドネ。コボルトたちを頼む」

「いやじゃ！　わらわもついていくぞ！」

「シャルロッテ……」

「魔女に会いに行くじゃと？　旦那さまがまた誑《たぶら》かされたらかなわぬ！」

また、ってなんだ。

またって……。

「旦那さまは牛を迎えに行って、おまけの女子も連れ帰ったお方ゆえ！」

「あらあら、ふふふ」

アリアドネも、楽しげに笑ってないで止めてくれ。

「あのな、シャルロッテ。俺は薬をもらいに行くだけだぞ？」

「薬と一緒に、おまけの魔女も連れ帰るやもしれぬ！　だいたい頑《かたく》なに嫌がるところが怪《あや》しすぎじゃ。ハッ……！　もしやわらわに飽きて、愛妾《あいしょう》が欲しくなったのか……？」

「愛妾……⁉　てか、そんなうるうるした目で見つめてくるなって……！　わかった！　連れてくから！」

「旦那さま！　大好きじゃ……！」

「あらあらあら、ふふふ」

シャルロッテがホッとした顔で抱きついてくる。

それを微笑ましく見守るアリアドネ。

結局、俺はシャルロッテを伴って、魔女の住む甘イ欲望ノ森へ、向かうことになったのだった。

第十二話✦クスクス山の甘い誘惑

さすが名前の通りというべきか……。

甘イ欲望ノ森に近づくに連れて、妙に甘ったるい匂《にお》いが漂ってきた。

その香りはどんどん強くなる。

森の入り口に到着して、気がついた。

「旦那《だんな》さま……！　これはお菓子の匂いじゃなっ！」

シャルロッテが、くんくんと鼻を動かしながら言う。

「芳醇《ほうじゅん》なベロベロキャンディを思い出すわ。それから……生チョコと人喰い檸檬《れもん》のオランジェット。それからそれから蛇石榴《へびざくろ》のタルト！　うーむ、かぐわしいのう。なんとも甘くてよい香りじゃ！」

シャルロッテは瞳を輝かせている。

「匂いだけでよくわかるな。甘いものが好きなのか？」

「うむ！　甘いものも辛《から》いものも冷たいものも熱いものも旦那さまも大好きじゃ！」

「そ、そうか……。でもあれだな。シャルロッテがあんなに料理上手なのは、食いしん坊だからなんだな」

好きこそ物の上手なれ、だったか。

俺もそうありたい。

そんなことを考えていると、なぜかシャルロッテが真っ赤になって、反論してきた。

「く、食いしん坊なのではない！　甘味《かんみ》は妻の嗜《たしな》みゆえ‼」

「違うのか？　でもめちゃくちゃ目がキラキラしてたぞ？」

「もう！　わらわのことはよいのじゃ！　これは魔女の罠《わな》かもしれぬのじゃぞ⁉　旦那さま、ゆめゆめ油断なされるな！」

俺よりも、シャルロッテのほうが引っかかりそうな雰囲気だったけど……。

ぷんすかしながら歩き出したシャルロッテに続いて、森に入る。

その途端、視界がぐにゃりと歪《ゆが》んだ。

「……！」

これまで木々に見えていたものが、姿を変える。

聳《そび》えていた木と同じ高さの、家一軒分をゆうに超えるそれは……。

「え……⁉　まさかこれ……フルーツケーキ⁉」

そう、目の前に現れたのは、三段重ねになった巨大なホールケーキだ。

雪のように真っ白なクリームが、スポンジに塗りたくられている。

それを飾るのは、俺たちの頭ほどもありそうなつやつやの苺《いちご》。

「ふわああ……！　こっちにはおっきなミルフィーユじゃ……！」

シャルロッテの声に振り返れば、岩があったはずの場所には、巨大なミルフィーユが……。

それだけじゃない。

森の景観は、いつのまにか、溢《あふ》れ返りそうなほどのお菓子に変わっていた。

小石の代わりに、色とりどりのマーブルチョコ。

切り株はとろりとシロップがかかったドーナツ。

木の枝に生《な》るのは、ハートの形をしたロリポップキャンディだ。

辺り一帯、むせ返るほどの甘い香りが充満している。

それに数多《あまた》のカラフルな色、色、色……。

なんだか目がチカチカしてきた……。

まったく、どうなっているんだ……。

「ううう……。これは単なる興味じゃ……。ただの味見じゃ……。決してわらわ、食いしん坊なわけではないのじゃ……」

いつの間にか、ホットケーキの塔から落ちてきたメープルシロップを、シャルロッテが指でひとすくいしている。

「ちょっとひと口……」

「あ、シャルロッテ！」

こんなわけのわからないものを、口にしたらいけない。

けれど、止める間もなく、シャルロッテはペロリと指をひと舐《な》めした。

その瞬間。

「……⁉」

ぽんっ！　と音がして、ピンク色の煙がシャルロッテを覆《おお》ってしまった。

「シャルロッテ！」

煙に包まれたシャルロッテに向かって、必死に呼びかける。

くそ……！

「――大地を包む虚無の風、我の求めに従い、今、此《こ》の地に吹き荒《すさ》べ――『疾風神《エウロス》』！」

急いで詠唱《えいしょう》して、風魔法で煙を吹き払うと……。

「んんっ⁉」

煙の中から現れたシャルロッテの姿を見て、衝撃を受ける。

「んー……なんたる、美味……！」

うっとりと目を閉じて、恍惚《こうこつ》とするシャルロッテは、まだ異変に気づいていない。

でもそんな彼女の服は……なぜか露出のやたら多い、メイド服に変わっていた。

フリルのふんだんにあしらわれたスカートは短く、胸の辺りも大きく開いている。

太ももまでのストッキングは、ガーターベルトとかいうもので、留められていた。

……なんでだ。

そもそもこんな服、異世界にあるのか。

「おいシャルロッテ、その格好……！」

「格好……？　わ、わ、なんじゃ⁉　いつの間に……⁉」

シャルロッテ本人も驚いている。

……もしかしなくともこれは、魔女の仕業《しわざ》なのか？

「だめじゃだめじゃ、こんな格好！　恥ずかしくて隠れたいくらいじゃ……‼　ううっ、でも、なぜじゃ⁉　お菓子がおいしすぎて手が止まらぬ！」

シャルロッテは顔を真っ赤にしつつも、今度は枝からぶら下がったマカロンにかじりつく。

その途端……。

ぽんっ！

またあの音とともに煙が噴き出して……。

「はわ……さくさくで、ほんのり甘い、なんと絶妙な焼き加減……！」

今度はバニーガール!?

ウサ耳のカチューシャと水着のような服に網タイツ、尻にはふわふわのぽんぽんがついている。

「こっちのきのこ型チョコレートもおいしそうじゃ……！　はむっ！」

ぽんっ！

「修道女の服……」

「はわぁ～……口どけ柔らかく、幸せな味じゃ……。次はこれをひと口……」

ぽんっ！

「もこもこパジャマ……」

「さすが王道の苺ショートケーキ、甘いのう、甘いのう！　――今度はマダラスミレの砂糖漬けじゃ！」

ぽぽんっ！

「うわ……」

「かくもかぐわしき花の香りじゃ……！」

そう言ったシャルロッテは、淡いピンク色をした水着姿。

しかも、とんでもなく布の面積の少ないビキニだ。

むちむちした体に、水着が食い込んでいる。

ちょっと、さすがにこれはまずいんじゃないか？

「旦那さま！」

「……！」

水着姿のシャルロッテがずいっと迫ってくる。

「旦那さまもひと口、食べてみるのじゃ。我を忘れられるほどの至福じゃぞ！　はい、あーんじゃ……！」

「俺はいい。というか、いったん落ち着けシャルロッテ。我を忘れちゃだめだろ。それにこれは、明らかに魔女の罠だ！」

さっきからものすごい量のお菓子を食べているわりに、シャルロッテは満腹を感じている様子がまったくない。

不自然に思ってスキャンしてみると……。

「やっぱりな。シャルロッテ、このお菓子は全部まやかしだ」

ひたすら幻を食べさせて、少しずつ体力を奪うという、恐ろしい魔法が仕掛けられていた。

「行くぞ、シャルロッテ」

シャルロッテを衰弱死《すいじゃくし》させるわけにはいかない。

もっともっととグズる彼女を抱きかかえ、俺はその先へ進んでいった。

ただ直接触れるにはあまりに露出度が高かったので、シャルロッテには、俺の上着を着せておいた。

余る袖《そで》をぱたぱたと動かして抵抗していたシャルロッテだったが、半日かけて魔女の家に到着するころには、「旦那さまの抱っこじゃ……」といつもの調子に戻ってくれた。

魔法が体から抜けたのだろう。

安心して彼女を下ろすと、ふくれっ面《つら》になった。

「なぜ下ろしてしまうのじゃ！」

「もう大丈夫だろう？　それに目的地に辿《たど》り着いたからな」

「つまらんのう……」

ぶーたれているシャルロッテと一緒に、目の前の家を見上げる。

とんがり屋根の小さな一軒家。

屋根にも扉があるのは、箒《ほうき》で飛び立つ時用の入り口だろうか。

一階のドアは、板チョコを模したもの。

ちょっと警戒したが、こっちはただの木製だった。

呼び鈴代わりとしてぶら下がっていたしゃれこうべを鳴らす。

ガランゴロン――……。

「……」

しかし返答はない。

「留守なのかな？」

「そのようじゃな。……む？　旦那さま、鍵《かぎ》が掛かっておらぬぞ」

試しにドアノブに手をかけたシャルロッテが、扉を開けながら俺を振り返った。

「すいませーん。誰かいますかー？」

声をかけながら、中に入ってみる。

でも残念ながら、室内に魔女の姿はなかった。

「やっぱり出かけてるみたいだな……」

「なんじゃ。使えん魔女じゃな」

まあ、いきなり押しかけたのはこっちだ。

「玄関先で、しばらく待ってみるか……」

けれど帰ってくる気配はない。

まいったな。

日も暮れてきた。

コボルトたちのためにも、早く戻りたい。

「へくちっ」

シャルロッテがくしゃみをする。

そうだよな。

俺の上着を着ているとはいえ、中が裸同然の水着だ。

その上、正気に戻ってくると、その格好が恥ずかしくなったのだろう。

「だ、旦那さま……あんまり見ないでほしいのじゃ……。わらわとしたことが、その、はしたない……。へくしゅんっ……」

シャルロッテにまで風邪《かぜ》をひかせるわけにはいかないな……。

スキャンすれば、どの薬がヨクキクナールかはすぐにわかる。

……どうしたものか。

悩んだが、コボルトたちの苦しみを思うと、手ぶらで帰るわけにもいかない。

申し訳ないが、代金を置いて、もらっていこう。

値段がいくらかわからないので、金貨を何枚か置いておく。

足りなかったらまた払いに来よう。

そもそも金貨がこの大陸で価値あるものかも、わからないしな。

その旨《むね》をメモに記し、テーブルの上のできるだけ目立つ場所に置いた。


村に着くころには、すっかり夜も更《ふ》けていた。

俺は、シャルロッテ、アリアドネと手分けをして、薬を配って回った。

ありがたいことに、効果はあっという間に表れた。

「けほ、こほ。うわ……にがーい。……あれ、でも……」

薬を飲んで、コボルトは数秒で咳《せき》をしなくなった。

さすが魔法薬。

即効性があって、しかも一粒で完治する。

すごい薬だな。

コボルトたちは、たちまち元気になった。

「すごいワ……！　治っちゃった……！　この病気になったらなかなか治らないって、あたちたち諦《あきら》めてたのヨ！」

「すごいすごい……！　もう全然平気！」

「そうか……」

よかった。

元気そうな姿に、俺は胸を撫で下ろした。

「元勇者さま、あなたってなんでもできるのネ！」

「いや、俺は薬を拝借してきただけだ。これは薬を作った魔女のおかげだよ」

こんな薬を作れる魔女を少しうらやましく思う。

魔女には、しっかりお礼を伝えないとな……。

薬を勝手に持ってきてしまったことも謝りたいし。

明日、改めて訪問してみよう――。

そんなことを考えながら、薬の成分を眺めていると……。

「……ん？　そうか……」

俺はふと閃《ひらめ》いた。

「なあ、ミノタウロス。作物の芽が出ても育たない理由が、わかったかもしれない」

「なんだと⁉」

「勇者くん、すごいわ！」

「まだ確定じゃないけれど、でも予想通りの原因なら、対処方法もわかる。……ともあれ明日、魔女へ再訪問だ」

風邪を治すだけではなく、ヒントまでもらってしまったな。

ところでシャルロッテがその晩、「旦那さまはどんな格好がお好みか」と詰め寄ってきて大変だったのだが、それはまた別の話だ。

◇　◇　◇

『経験値入手。次のレベルまであと400……300……200……100、50、10、0……』

——ピロンッ。

レベルアップ！

『？？？レベル10』↑ｎｅｗ！

第十三話 ✦ 意地悪魔女、攻略

コボルトたちの完治を見届け、シャルロッテを宥《なだ》めて眠りについたあと――。

次の事件は、真夜中に起こった。

「――！」

「――を、呼んでくるんだ！　早く！」

遠くで誰かが叫んでいる。

騒がしい。

男たちの声。

走り回る足音。

まだ覚醒しきらない頭で、ぼんやりと思う。

勇者として戦場にいた頃のようだ、と。

「……」

「兄貴ッ……‼」

血相を変えたオークが、寝室に飛び込んできた。

「大変ですッ！　畑が燃えています……‼」

「えっ」

眠気がいっきに消える。

俺はベッドから飛び起きた。

「火事ってことか？　どうして……」

「それが、まだ原因はわかっていないようなんです……」

いったい何があったんだ。

「とにかくすぐ畑に向かうよ」

「姫さまも起こしますか？」

オークが、ベッドで寝息を立てているシャルロッテを見やる。

「ああ、いいよ。寝かせといてやって」

俺は着替えをしながら、首を横に振った。

シャルロッテは眠りが深く、一度寝ると八時間は絶対に目覚めない。

これだけ屋敷内で大騒ぎしていようが、おかまいなしに、今もすーぴー眠り続けている。

天変地異があっても、たぶん起きないだろう。

「じゃあ行ってくる。シャルロッテのこと、よろしく頼むな」

「わかりました、兄貴！」


畑に近づくと、むあっとした熱風が俺の体を取り巻いた。

マグマ沼から立ち昇るものとはまた違う、火焔《かえん》によって起きた風だ。

とにかく急ごう。

しばらく走って農園に辿《たど》り着いた。

燃える畑を前に、ミノタウロスが立ち尽くしているのが見える。

「ミノタウロス。これはいったい……」

「……」

ミノタウロスは、呆然《ぼうぜん》と目を見開いたまま……。

瞬《まばた》きすらしない。

……だめだ。

聞こえていない。

ショックが大きすぎるのだろう。

話を聞ける者を探して、俺は視線をさまよわせた。

コボルトやゴブリンたちは、ひと塊《かたまり》になって泣いている。

それをアリアドネが必死に宥《なだ》めていた。

「大将……。誰かが火をつけたみてぇだ……」

ヨルムンガンドが体を波打たせながら、傍《そば》へやってくる。

彼も明らかに動揺している。

でも唯一《ゆいいつ》まともに話せた。

シャルロッテに怯《おび》えまくってるイメージしかないが、意外と肝《きも》が据わっているのかもしれない。

なんにせよありがたい。

「ヨルムンガンド、誰かが火をつけたってどういうことだ？　マグマ沼の火の粉からとか、そういう理由じゃないのか？」

「飛び火だけならこんなに勢いよく燃えねぇよ……。ご丁寧《ていねい》に、枯草を畑に撒《ま》きやがったみたいだ」

「なんだって？」

いったい誰がこんなことを……。

「それに、消えねぇんだ。何をしても……」

ヨルムンガンドが苦々しげに呟《つぶや》く。

「え……？」

「水もかけたが、まったく効果がなかった。たぶん、普通の火じゃねぇんだろ」

「普通じゃない火って、それは……」

俺は急いで燃えさかっている火をスキャンした。

ヨルムンガンドの言うとおりだ。

「この火には魔法で呪いがかけられている」

「魔法？　大将、オレたちに魔法は使えねぇぜ……」

「ああ。死の谷にいる者の中で、魔法を使えるのはスキルを所持している俺だけだ。でも俺は火をつけたりしていない」

「そんなの聞かなくてもわかってるっての！　……でもそれじゃあ、これは外から来た誰かの仕業《しわざ》なんだな？」

「そういうことになるな……」

そのとき——。

「……ちょっと待った。……おかしいな」

なんだか、妙な気配がする。

「大将？」

俺は目を閉じて、意識を集中してみた。

ものすごく巧妙に押し殺しているが……この気配は……。

「近くに魔力を感じる……」

「え⁉　犯人が潜《ひそ》んでるのか……⁉」

「ああ、すぐ近く……」

具体的に言うと、泣いているコボルトの辺り。

ほらな……。

よく見れば、ひとりだけ、涙が出ていないんじゃないか？

「アリアドネ。ちょっとどいてくれ」

「勇者くん……？」

俺は、気になったコボルトに向けて、鑑定スキルを発動させた。

コボルトの上に表示されたのは、個体名。

――ララ五三世。

俺が昨日訪ねた魔女の名だった。

「ララ五三世、この火事は、おまえの仕業か？」

「……なんだ、もうバレちゃったの？」

ボンッという音を立てて、変身魔法が解かれる。

「ご名答なの」

「やっぱりな」

コボルトがいた場所に姿を現したのは、とんがり帽子と紺色の服をまとった魔女だった。

帽子からあふれ出たピンク色の巻き毛は、綿菓子みたいにふわふわと膨《ふく》らんでいる。

鼻の辺りに薄いそばかすのある、少年のような顔をした女の子だ。

ちょっとイジワルそうに、目を吊り上げて俺を睨《にら》む。

手にはもちろん、年季の入った木の杖《つえ》を持っていた。

「コボルトちゃんたち、こっちにいらっしゃい！」

アリアドネは、怯えるコボルトたちを背中に庇《かば》った。

「おまえが、大将とオレたちの畑を燃やしたのか！」

「貴様……よくも、そのような真似を……」

ヨルムンガンドと、ようやく我に返ったミノタウロスが、そろって凄《すご》みを利《き》かせるが、魔女は平然としている。

「これは復讐なの」

口調は穏やかだ。

楽しんでいるようにすら聞こえる。

けれど目が笑っていない。

「私の薬、持っていったよね？　無断で。勝手に。魔女の薬を盗んだ」

「……その件に関しては……」

言い訳できない。

不法侵入と窃盗をしでかしたんだ。

「無断で家に入ったりしてすまない。薬を持ち出したことも申し訳ない。……一応手紙と、金貨を残しておいたはずなんだが……あれじゃだめだったか」

「んー、見たよ。丁寧《ていねい》な手紙と、たくさんの金貨をありがとう」

「たくさん？」

「うん。薬代にしては、多すぎるくらいなの。あんな薬、素材も簡単に手に入るし、魔女なら誰でも作れちゃうから」

「だったら……なんで復讐なんだ……？」

「先に私が質問。なぜ私の幻術を突破できたの？」

「俺に幻術は効かないからな」

「……そんな人間がいたなんて……。ますますキミのこと、気に入らないの」

　ララは腕組みをし、俺を見る。

「あのね魔女は理不尽《りふじん》なものなの。だから金貨も手紙もなかったことにしたの。キミたちを襲う口実が欲しかったから。薬は盗まれたことにしたの。それで夜襲を仕掛けたんだ」

　口実って……。

「テメェ！　口実を作ってまで、兄貴を襲いたかったってことか？」

　オークがなじるが、ララはつんとそっぽを向いた。

「前からキミんとこの畑、うらやましかったの。カラスになってよく見にきてたよ」

「……ああ」

　言われて思い出す。

　いつも農作業を眺めていたあのカラス……。

　あれはララが化《ば》けた姿だったのか。

　ていうかうらやましいって？

「……農作業に興味があるのか？」

「ううん、違うの。うらやましいのは畑。魔女は薬草をいっぱい使うから。畑で栽培できたら、わざわざ山にこもらなくて済むの。山にこもっているせいで、今回もキミたちと会えなかったんだ」

「……俺たちに会いたかったのか？」

「うん。もちろんだよ。魔女の家、お客さん全然来ないもん。だからレアなお客さんを歓迎したかったの。なのにいない時に来るんだもん。殺したいほどむかつくよ」

「そ、そうか……。すまない」

「うん。いいよ。許してあげる。うらやましくて仕方なかった畑を燃やして、すっきりしたから」

「すっきりしたらなら、さっさと火を消しやがれ‼」

オークが鼻息荒く言う。

「そう言われると消したくなくなるよ。魔女はひねくれものだから」

「くそっ……兄貴！　やっちまいやしょう！」

オークだけじゃない。

他の連中も、魔女を睨みつけている。

だが俺は、彼らの訴えに頷《うなず》かなかった。

「頼む。消してくれ、ララ」

「ふふん、もっと燃やしてあげるの！　そーれそれ！」

ますます燃えさかる畑に、コボルトたちが「ああっ」と声を上げる。

「大火事だね。どうする？　困っちゃった？」

ララが瞳を細めて、ニイッと笑う。

火の粉を舞い上げる畑。

真っ黒に焦《こ》げた土。

作物を植えていた場所だけでなく、休ませておいた土地にまで、炎は燃え広がっていく。

俺を見て勝ち誇るララの表情は、きらきらしていた。

けれど……。

「……これだけ燃えたら、十分かな」

「え？」

ララが不思議そうに瞬《まばた》きをする。

「ありがとう、ララ。本当は明日、薬のことを詫《わ》びたら、別の頼みごとをしようと思ってたんだ」

「……なに？　どういうことなの？」

「俺は、この畑を、もともと君に燃やしてほしかった」

「……!?」

その台詞《せりふ》に、ララだけではなく、他の面々も騒然とした。

「どういうことだ？　元勇者よ……」

ミノタウロスが問いかけてくる。

「言っただろ。作物の育たない原因と対処法がわかったって」

魔女の薬を見ていて、ひらめいた。

コボルト風邪《かぜ》は、そのウィルスによって起こる病気だ。

もしかして、畑にも同じように、菌が蔓延《まんえん》しているんじゃないのか？

——魔女の薬は、コボルト風邪のウィルスを殺すものだった。

もし畑にも菌が蔓延《はびこ》っているのなら、その菌を同じように殺してやればいい。

たとえば……炎で燃やしたりして。

「畑を焼いて消毒する、焼き畑っていう方法だ。——種からは芽が出たけれど育たなかった。でも肥料による栄養は十分だった。となると、生長を邪魔する原因は土にあるんじゃないかって、考えたんだ」

「おおおお‼　さすがは元勇者だ‼」

「だから、この火事は俺たちにとって都合がいい。……俺の考えが合っているかどうかは、数日後にわかるかな」

「それじゃあつまんないの……。嫌がらせにならないもの……。相手にしてくれないなら、もっと別の嫌がらせをするもん！」

おっと。

それは困るな。

「薬のことで世話になってるし、あんたとは戦いたくないんだ。悪いけれど諦《あきら》めて、帰ってくれないか？」

「あのねー、私はキミたちが困ってるところを見るのが楽しくて仕方ないの。だから追い払おうとしたって無駄なの。付きまとって、ものすごく苦しめてあげたいんだもん」

ストーカーみたいなもんか……。

「兄貴、兄貴」

オークが俺の肘《ひじ》をつついてくる。

「だったらこっちが、仲良くなりてえって言ったら、天邪鬼《あまのじゃく》を起こして興味をなくすんじゃないですかね」

「なるほどな……」

その作戦を試してみよう。

俺はずかずかとララに向かって距離を詰めた。

「え……。何……なんなの……？」

ララが戸惑《とまど》った声を上げる。

「やったれー兄貴ー！」

「がつんとかましてやってください兄貴‼」

後ろで、オークたちがはやし立ててくる。

任《まか》せてくれ。

ガシッと両肩を掴むと、ララが驚いたように顔を上げた。

「俺は、もっとララと仲良くなりたい」

「……！」

猫のような目を大きく見開いて、ララが固まっている。

「あの薬。俺にはどうやっても作れないものだ。ララのことを尊敬するよ」

「え、え……」

「森のお菓子も、俺たちをもてなそうとしてくれたんだよな？」

「違うの。あれは幻覚で、侵入者を殺す罠《わな》で……」

「シャルロッテにもたくさん衣装をプレゼントしてくれた」

「あれはただの私の趣味なの‼」

あたふたし始めたな。

効果があったのかわからない。

もうひと押ししてみる。

「俺に毎日会いに来てくれ。毎日、常に傍にいてくれたらいいと思ってる。そうして畑の火を俺と一緒に眺めよう」

「う、う……うわあああああ‼」

突然叫びだしたララ。

彼女は、耳まで真っ赤に染めている。

「なあ俺と仲良くしてくれるだろう？」

「もうやめてほしいの……！　……き、嫌われるのはいいの！　魔女だもの！　でもそういうのは困るの！　どうしたらいいかわからない！」

ララは赤くなった顔を隠したいのか、両手で帽子を掴み、ぐいぐい下に引っ張っている。

「そういう慎《つつ》ましいところも、好感が持てるな」

「やめてやめて……！　もう何も言わないでほしいの！　もう帰る、さよなら‼」

ララは大慌てでカラスに変身すると、逃げるように飛び去っていった。

さすがは天邪鬼。

こっちから距離を詰めようとしたら、ものすごいスピードで逃げてくれた。

俺はやれやれと思いながら、みんなのことを振り返った。

「みんな、すまなかった」

「兄貴！　さすがは兄貴だ！」

「それにしても姫さまがここにいなくてほんっとうによかった……！」

オークたちが肩を叩き合っている。

「焼き畑農業とは、思いつかなかったな。さすがは元勇者だ」

「ああ！　明日には火も消えてるだろうし、今晩はそれを楽しみに寝ようぜ！」

ミノタウロスやヨルムンガンドも、にこにこと笑ってくれた。

すべて彼女のおかげだな。

ありがとう、ララ。

俺は、魔女が消えた空を見上げ、満足して頷いた。

第十四話✦お薬と夫婦ゲンカ

魔女騒動の翌日。

俺たちは手分けをして、畑の片づけに取りかかった。

焼けた畑がどうなるか。

確証はないだけに、不安は残る。

俺はミノタウロスと話し合いながら、土と灰を、混ぜるようにして耕《たがや》していった。

それが終わったら、前回と同じように種をまく。

今度はコボルトやゴブリンたちも手を貸してくれたので、以前よりずっと早く終わらせることができた。


そして種まきから数日後の朝――。

「おお……」

前回とは明らかに異なる光景を前にして、俺は感嘆《かんたん》の声をこぼした。

畑の全面を覆《おお》う、淡い緑色。

以前は、萎《しお》れて弱い芽しか育たずに枯れていた作物たちが、しっかりと若葉を広げている。

葉の上で玉になった朝露《あさつゆ》が、陽《ひ》の光を反射して、畑はきらきらと輝いていた。

「すごい……！　作物がちゃんと育ってる……！」

知らなかった……。

植物の若葉に陽が当たると、干したての布団みたいな、やさしい匂《にお》いがするんだな……。

「ミノタウロス、やったな！」

ちょうど納屋《なや》から出てきたミノタウロスに声をかける。

ミノタウロスも満足そうに頷《うなず》いた。

畑を焼かれてショックを受けるみんなの顔を見たときは、本当に心が痛んだけど、結果オーライだな。

「これでもうちょっと雨が降ってくれたら、言うことねぇんだけどなー」

ちろちろと長い舌を出しながら、ヨルムンガンドが空を見上げる。

それこそが、次の懸念《けねん》だ。

　ここのところ雨が全然降らない。

　俺たちの生活用水はもともと、死の谷の麓《ふもと》に広がる常闇《とこやみ》の森の奥――、『禍々滝《まがまがだき》』と呼ばれる滝から運んでいた。

　畑の水遣《みずや》りもしばらく、滝の水に頼りきっている。

　でもあの滝はそんなに大きくない。

　この調子で日照りが続けば、川ごと干上がってしまう恐れがあった。

　水不足に対応できるよう、他にも供給場所を探しておくべきだな。

「だったらオレも一緒に行くぜ、大将。水場のことは多少詳しいんだ」

「本当か。助かる、ヨルムンガンド」

　そんなわけで、俺たちはさっそく水の供給源探しを始めた。


　しかし、翌日の真っ昼間――。

「……身代わりスキル、ちゃんと、発動してるみたいだな……」

　そんなことを、ベッドの中で丸まりながら呟《つぶや》く。

　水探しを中断して、昼間からベッドに潜《もぐ》っているのには理由があった。

絶え間なく襲い来る腹痛と吐き気。
脂汗《あぶらあせ》のせいで、額《ひたい》に髪が貼りつき不快だ。
だけど、弱音を吐くわけにはいかない。
「俺が痛い思いをした分、ヨルムンガンドを楽にしてやれるんだ……」
止められなかった俺の責任もあるしな……。
俺は朦朧《もうろう》とする頭で、昨日の昼間に見つけた泉のことを思い出した。
森林を分け入った先にあった、静かな泉。
その泉の水は、まるで澱《よど》んだ血のように、どす黒い赤色をしていた。
しかもところどころポコポコと、謎の巨大な泡が湧き上がっている。
鼻に皺《しわ》がよるほど、臭《にお》いもきつい。
俺とヨルムンガンドは散々歩き続けていて、かなり喉《のど》が渇《かわ》いていた。
でも、これはな……。
暗黒大陸の、見た目がすさまじい食べ物たちに慣れてきた俺でも、さすがに引いた。
だいたい、鳥や虫の気配もしないし。
「やっぱりどう考えてもこの泉はちょっと……」
そう言って振り返ると……。

ええっ。

泉を覗《のぞ》き込んだヨルムンガンドは、長い舌を出して、ぴちゃぴちゃと水を飲んでいる。

「あー潤《うるお》う……なんだかすごく嫌な味がするが、それでも潤うぜ……！」

俺は絶句して立ち尽くした。

いや、それ絶対飲んだらだめなやつだろ……？

水は危険だ。

食あたりなんかよりずっと怖い。

悪い水を飲むと最悪死に至る。

急いでスキャンしてみると……。

……やっぱり。

残念ながらというか、当然ながらというか、とにかくひどい汚染水だった。

致死量を優に超える菌まみれの水だとも、表示されている。

このまま放っておいたら、本当に命が危ない。

ヨルムンガンドを助けなければ。

俺は咄嗟《とっさ》に身代わりスキルを発動して、ヨルムンガンドの体内の菌を、自分の体に転移させた。

身代わりスキルは、一度使った相手には、二度と発動できない。

でもヨルムンガンドに関しては、明らかに今がその時だった。

「……大将？　どうかしやしたかい？」

「……いや。でも、用事を思い出したから今日は帰ろう」

症状が出る前に引き返し、怪《あや》しまれないように家に閉じこもる。

俺が身代わりスキルを使ったと知ったら、ヨルムンガンドは気に病《や》むだろう。

だから、バレないようにする必要があった。

ものすごく痛いけど、ヨルムンガンドにこんな思いをさせるよりはいい。

俺は不死身だからな。

一対一でしか発動できないから、コボルト風邪《かぜ》のときには使えなかったこのスキルが、役に立ってよかった。

「はぁ……痛たた……」

……とはいえ、猛烈に痛い。

さっきまでトイレからまったく出られなかったほどだ。

今は一応症状が収まっているけれど。

またいつ波がやってくるかわからない。

「辛《つら》いな……」

力ない声を吐いて、自分の腹をさする。

身代わりスキルで引き受けた病《やまい》や怪我《けが》は、他のスキルで治癒《ちゆ》することができないから、ただひたすら耐えるしかない。

あとは頼みの綱の薬を待つばかりだ。

そのとき、扉の向こうからノックの音が聞こえてきた。

「兄貴、俺っス」

身の回りの世話をしてくれている若いオークの声だ。

「……ああ……」

彼には使いを頼んだのだった。

「……入ってくれ……」

室内に入ってきたオークは、心配そうな表情を浮かべた。

「だ、大丈夫ッスか?」

頷いて、のそのそと上半身を起こす。

一瞬、ぎゅるるる……と腹が痛んで、ヒッとなった。

「うう……」

落ち着け。

俺の腹。

落ち着け、落ち着け。

「頼まれたことのご報告なんスが……」

オークが申し訳なさそうに背中を丸める。

それだけで、だいたいの結果を察した。

「会えなかった？　それとも、もらえなかった……？」

「会えなかったほうっス。面目《めんぼく》ない」

ララの話だ。

腹痛の薬をもらえないかと思ったのだけれど。

会えなかったのなら仕方ない。

それに会えたからといって、譲ってもらえなかった可能性も十分ある。

「あのー……兄貴。やっぱり俺、魔女が戻るまで、家の前で夜通し待つっスよ」

「いや……。出かける前に言ったとおり、それはやめよう。あの森には、いろいろと厄介《やっかい》な魔法が、仕掛けてあるみたいだったしな」

ララの罠《わな》は危険だ。

シャルロッテですら、やられてしまったのだから。

それに、以前訪れたときに、かなり強力な怪物の気配を複数感じた。

オークでは、確実に敵《かな》わない。

そういうクラスの怪物。

魔物は夜行性が多い。

昼間は襲ってこなくても、夜になったらわからない。

そんなところで夜通し待機させるわけにはいかなかった。

「気を遣《つか》わせて悪いな……。それじゃ下がってくれ……」

「はぁ……。じゃあ、あの、もう一度、明日の朝訪ねてみるっス」

「うん、ありがとな……」

「すみませんっス。看病するのが俺なんかで……。姫さまは出かけてしまってるみたいで……」

「痛《い》てて……俺、怒らせちゃったみたいだからな……」

実を言うと火事の翌日から、ずっとシャルロッテに避けられている。

前日のララと俺の会話を誰かから聞いたらしく、そこでの発言が許せないと怒られた。

『わらわはそんな口説き文句など、一度だって言われたことがないのに！　旦那《だんな》さまのことなんて、きらっ……き……嫌いではないが‼　……しばらくは知らぬっ！』

そのままシャルロッテは、俺に寄りつかなくなった。

具合が悪いことさえ知らないだろう。

いや、知っていても、「知らぬ」と思われている可能性だってあるか……。

無意識にため息がこぼれ落ちた。

……口説き文句、か。

もちろん俺は、魔女を口説いたつもりなんてない。

『俺は、もっとララと仲良くなりたい』

『俺に毎日会いに来てくれ。毎日常に傍《そば》にいてくれたらいいと思ってる。そうして畑の火を俺と一緒に眺めよう』

あの時の発言、そういうふうにも取れるか……。

「兄貴……。姫さまを探してきましょうか……？」

ぼんやりしていたせいで、変に気を遣われてしまった。

「いや、大丈夫だ。ありがとう」

オークはペコッと頭を下げて、部屋を出ていった。

俺は再びベッドに潜る。

シャルロッテは、いつごろ帰ってくるつもりなんだろう。

……帰る、か……。
そういえば、俺は最初、シャルロッテをここに住まわせる気はなかったんだ。
ふと思い出し、それが遠い昔のことのような気分になる。
「毎日一緒にいたしな……」
小さく笑みがこぼれる。
シャルロッテにはいろいろと助けられた。
でも俺は？
今でも彼女のことを、嫁じゃないと言い切れるのか？
正直よくわからない。
毎晩勝手に潜り込んできたとはいえ、……一緒に寝ちゃってたしな。
なんだか自分がすごく、シャルロッテに対して、不誠実だったように思えてきた。
だいたい今回のケンカだって……。
何もせず、ほとぼりが冷めるのを待っているなんて、我ながら情けない。
悪気はなかったにしても、俺はシャルロッテを傷つけてしまったのだから。
「……やっぱりちゃんと謝らないとな」
シャルロッテは許してくれるだろうか？

……腹は、まだ、痛いけど……。
治ったら、シャルロッテのスープが飲みたいな。
そんなことを考えているうちに、俺はいつしか眠りに落ちていた。

その日の真夜中――。
……ん？
何かの気配を感じて目を覚ますと……。
ベッドの脇に立って、俺の姿を見つめていたのはシャルロッテだった。
「シャルロッテ……。その格好、どうしたんだ……？」
月明かりに照らされたボロボロな姿を見て、驚いた。
頬や腕には、擦《す》り傷がついている。
口を曲げ、むっつりとした表情だ。
いったいどこで何をしていたんだ？
「怪我、してるのか……待ってろ、すぐ」
シャルロッテは首を横に振ると、何かを握った手を差し出してきた。

「旦那さま、すぐこの薬を飲むのじゃ」

「え？　薬？　……っ、痛《いて》て……」

無理矢理手渡された薬を見て、ようやく理解する。

——ララの薬……。

「……その傷、あの森の怪物と戦ったんだな？」

「最近戦っていなかったせいで、少しへまをしてしまったのじゃ。かすり傷とはいえ、あんな雑魚《ざこ》相手に傷を負うなど情けない」

シャルロッテは拗《す》ねているような、何かを堪《こら》えているような声で言った。

感情の抑揚《よくよう》が少なくて、鈍《にぶ》い俺には真意が見えない。

「本当にかすり傷だけか？」

「うむ」

「まったく無茶をするな……。だいたい、この薬だってどうやって魔女から手に入れたんだ？」

「細かいことなど、どうでもよい。いいから早く飲むのじゃ！」

水の入ったコップを手渡してくるシャルロッテは、なぜか詳細を話したがらない。

でもきっと、すごく大変だったはずだ。

だって相手はあのララだし。

「どうじゃ？」

「……うん。さすが魔女の薬、もう楽になってきた」

腹をさすると、シャルロッテがほっと息をつく。

「……怒っていたんじゃないのか？」

恐る恐る尋《たず》ねると、シャルロッテの声がわずかに震えた。

「うむ……。まだ怒っておる……」

「じゃあなんで、この薬……」

「怒っているからといって、心配せぬわけではないっ！」

今にも泣きだしそうな顔で睨《にら》まれた。

「旦那さまは女心をわかっていなさすぎじゃ……」

「そうか……」

複雑なんだな。

傷つけたことは、もうちゃんとわかっている。

その上に、心配までかけて。

怪我をさせた。

「……ごめん」

「……よい。別にそういうニブニブなところも……嫌いなわけではない……」

「……」

ふたりして黙り込んだせいで、室内に静寂《せいじゃく》が訪れる。

「……シャルロッテ。あのー……いつもありがとう」

「……！」

シャルロッテが驚いたように目を見開く。

誰かに心配されるのって、久しぶりだ。

ずっと「勇者」で「最強」だった俺が、心配される側に回ることなんてなかったし。

それなのに、シャルロッテはこうやって俺のことを心配し、助けてくれる。

今回だけじゃなく、出会ったときからずっと。

シャルロッテにできるすべての力で、俺を支えてくれたんだ。

だから感謝の気持ちを伝えないとと思った。

なのに。

「どうした？　そんな驚いた顔して……」

問いかけた瞬間。

「う……」

シャルロッテの瞳から、突然ぽろぽろと大粒の涙が溢《あふ》れ出した。

「……え!?　おい、シャルロッテ……!?」

名前を呼ぶと、シャルロッテはますます涙を流す。

これ、俺が泣かせてるんだよな……!?

「ひっく……」

「やっぱり傷が痛いか？　それとも、何か悲しかったのか……？」

「これはうれし涙じゃ……！　ううっ……うぇー……」

両手で目を乱暴にこすりながら、しゃくりあげる。

「ずっと……旦那さまに……本当は、迷惑だと、思われているんじゃないかと……！　わらわ……わらわは、旦那さまが……っ！　旦那さまの、妻に……！」

うわ、これどうしたらいいんだ……!?

俺は途方に暮れてしまう。

「ええっと……な、泣かなくていいって、シャルロッテ」

「うぇええー……っ」

「大丈夫だから……」

迷惑なんかじゃない。

そんな気持ちをこめて、泣き続けているシャルロッテの頭を撫でてみた。

「旦那さまが……なでなでしてくれておる……うううっ……」

「なんだ⁉　しないほうがいいのか⁉」

「違う……！　やめたらだめじゃ……！　やめたらもっと泣くぅ……！」

結局俺は、泣き疲れたシャルロッテが俺に抱きついたまま眠ってしまうまで、ずっと彼女の髪を撫で続けたのだった……。

第十五話 ✦ 嫁と魔女の俺争奪戦!?

腹を壊した翌々日――。

スープだけでなく固形物も、問題なく食べられるようになった。

コボルトの時と同じように、やっぱり魔女の薬はよく効く。

というわけで俺の体調も回復したことだし、水の供給源探しを再開する。

とりあえず今日もまた付近を散策しようと思いながら、身支度を整えていると……。

「いかん！　もうこんな時間じゃ！　アリアドネ、デザートの準備はどうじゃ？」

「こっちはもうすぐ終わるわ、シャルロッテちゃん」

「うむ！　そろそろ旦那《だんな》さまが起きてくるころじゃからな！」

調理場のほうから、シャルロッテとアリアドネの声が聞こえてくる。

アリアドネ、こんな早くから何を手伝わされてるんだ？

不思議に思いつつ、調理場を覗《のぞ》くと、シンクの前で、ふたりが仲良くお弁当を作っていた。

二日間、病人食だったから、美味《おい》しそうな匂《にお》いに、心がくすぐられる。

朝っぱらから手の込んだ料理を作っているようだ。

にしても、なんでお弁当？

「ふたりして、何してるんだ？」

「おや。お目覚めになられたか、旦那さま」

「おはよう、元勇者くん」

「ああ、おはよう」

「わらたちはな旦那さま、山で食べるお昼ごはんの準備をしているのじゃ！」

「え？　お昼ごはん？」

「そうじゃ。旦那さまと、わらわと、アリアドネで食べるのじゃ」

「ええっ……!?」

シャルロッテの目の前にあるのは、お弁当を入れるためのバスケット、水筒、おしぼり、折りたたみ椅子。

まるでピクニックに出かけるかのようなセットだ。

「うふふ。ついついはりきって、作りすぎちゃったかしら」

「何を言うか、アリアドネ。わらわの旦那様はこれくらいペロリじゃ！」

「そうね、男の子だものね。山の上で食べるごはんは、いつもより美味しいものだというし」

「むっ。では、少なすぎたか？　初めてのピクニックゆえ、勝手がわからぬのじゃ……」

おわ。

やっぱり本人もピクニックのつもりだった。

てか、シャルロッテ、ピクニックのことを知ってるのか。

……なんかちょいちょい不思議だよな、魔族。

原始的な生活をしているわりに、温泉やピクニックとかの文化については詳しいし。

いや、でもそんなことより……。

「俺、昨日の夜、山に新しい水源を探しに行くって伝えたよな？　それがどっからピクニックの話になった……⁉」

「案ずるでない旦那さま。ちゃんと水源探しのお手伝いもいたす。ピクニックはついでじゃ」

「そ、そうか……。でも、ここまで手の込んだ準備をしなくても大丈夫だったぞ？　いや、ありがたいけどな」

「何を言うか！　旦那さまとの、初めてのピクニック！　手を抜けるわけがなかろう⁉」

おいおい、ピクニックはついでじゃなかったのか。

「それにお弁当やお茶を、わらわが用意しなければ、また旦那さまが変なものを口にして、お腹《なか》を壊されるかもしれぬ……！　はぁ……わらわがいれば、旦那さまに苦しい思いをさせずにすんだものを……」

頬に手を当てて、切なそうにため息をつく。

シャルロッテは、自分が傍《そば》にいなかったから、俺がひどい目にあったと、責任を感じているらしい。

水を飲んだのは試飲で、お茶を持っていかなかったからじゃないんだけどな……。

でも、いろいろ考えて、したくをしてくれたことはわかった。

……まあピクニックも兼ねればいいか。

そう考え直し、俺は、シャルロッテとアリアドネを連れて東にある惨殺山《ざんさつざん》へと向かった。

惨殺山にある花や植物はなんでもかんでも、とにかくでかい。

そして基本、人面種だ。

二本脚の生えた俺の身長の三倍はある空蟬《うつせみ》キノコたちが、ドスドスと音を立てて歩いていく。

耳まで裂けた口を持つ食《しょくしょくしょくばな》食花《》が、粘ついた蜜をしたたらせて、それを眺めている。

ふらっと誘われて、近づいたら最後だ。

食食花たちが空蝉キノコを取り囲んで、食い散らかしている現場にも遭遇したが、さすがの俺も唸《うな》らされた。

そんな凄《すさ》まじい場所だったけれど、シャルロッテは始終楽しそうにしている。

「旦那さま、楽しいのう！　わらわは旦那さまと一緒にいられて、とっても幸せじゃ～！」

お弁当の入ったバスケットをぶらさげて、シャルロッテがニコニコと、ご機嫌な笑みを浮かべる。

バスケットは俺が持とうとしたものの、旦那さまの手を煩《わずら》わせたくないと断られてしまった。

「わっ、旦那さま！　あそこに見たことのない生き物がおる。あれは何という名じゃ？」

行く先々で興味のあるものを見つけてきては、俺を呼び止めて尋《たず》ねてくる。

俺は全知スキルでスキャンをしてやりながら、シャルロッテの好奇心に応《こた》えてやった。

シャルロッテはそのたびに、「すごいのう。旦那さまはなんでも知っておるのう」と目を輝かせる。

俺にとっても。暗黒大陸の植物は珍しい。

調査用に持ってきたノートに、変わった花を挟んでみたりした。

「何でも知ってるんじゃなくて、全部、全知スキルのおかげだ。俺は別にすごくないよ」

「何を言う。旦那さまはすごいのじゃ！　全知スキルがすごいのなら、それを扱える旦那さまもすごいということになるのじゃ！」

「そ、そうか……」

このやりとりは永遠に終わりそうにないので、適当なところで切り上げる。

「旦那さま、また珍しい花があるぞ！」

「お。レア度5のマダラ吸付花《すいつきばな》か」

せっかくなので、調査用に持ってきたノートに挟んだ。

後ろのほうで、それをにこにこと見守るアリアドネ。

……おっと、だめだだめだ。

俺までピクニックに夢中になっていた。

そのあとは、真面目《まじめ》に水探しをしつつ、時々脱線しながら、山を進んでいった。


そして小一時間が経《た》ったころ――。

そろそろ水源がありそうな気配だな……。

俺は、前世でスローライフに憧《あこが》れ始めたころ、読んでいた本の知識を思い出してみた。

ミツバチがいる場所から数キロ以内には、水源がある可能性が高い。

動物たちの足跡も、同じような目印に使える。

それと、山と山が連なる谷間――、ふたつの山から集まってきた雨水が貯まるため、川や泉の発生源になることが多い。

これらの条件が、辺りにはそろっている。

さっき、シャルロッテにせがまれてスキャンした昆虫も、ミツバチと似た生態だったし。

地面のまばらなデコボコは、ヒヅメのある動物の足跡のようだ。

水源を見つけるまで、もうひと頑張りといきたいところだけど……。

「腹が減ってきたな……」

「むっ！　では、お任《まか》せくだされ、旦那さま！」

シャルロッテが元気な返事をし、木陰にいそいそと弁当を広げ始めた。

「手際《てぎわ》がいいんだな」

「うむ。いつか旦那さまとこんなデートをするべく、日々、脳内で特訓してきたからのう！」

藁《わら》で編まれたレジャーシート。

その上に並べられた、色とりどりのお弁当。

「温かいお茶と冷たいお茶、お好みのほうをお注ぎするのじゃ」

「シャルロッテちゃん、こぼさないようにゆっくりね」

シャルロッテとアリアドネに促《うなが》され、俺もシートの上に座った。

狂い鳴き鳥の唐揚《からあ》げと、同じくその卵を使ったふわふわのたまごやき。

それからもちろん、ゲテモノサンドもある。

弁当箱は二十個ほど並べられているが、アリアドネの後ろには、まだまだ高く積まれた重箱があった。

「スペースがないから全部は並べられないんです。何が出てくるかは、ここにあるお弁当を食べきってからのお楽しみ」

「旦那さま、あーんじゃ。今日こそわらわが食べさせて差し上げるぞ」

「いや、大丈夫だから……シャルロッテもほら、一緒に食べよう」

みんなでいただきますをして、食べ始める。

……うまい。

料理の味ももちろん、さんざん歩き回ったあとに、山の木陰で食べる弁当はやっぱり格別だ。

そのとき――。

空の向こうから一羽のカラスが飛んできた。

そうかと思えば、カラスは俺たちの上空で止まる。

って、あれ？

このカラスは……。

確信を持つのと同時に、ボンッと煙が上がり、カラスが少女の姿に変化した。

そして、すとんと目の前に下りてくる。

甘イ欲望ノ森に住む魔女、ララだ。

「なんだ。キミ、もうおなか治っちゃったの？　つまんないの」

俺を見て、心底がっかりした表情を浮かべる。

魔女は天邪鬼《あまのじゃく》。

そんな言葉がふと思い出された。

「おかげでこのとおり、全快だよ」

「私の薬を使ったなら当たり前だけど。——それで？　ダークエルフの姫」

ララは、シャルロッテのほうを見て、薄く笑った。

「この間はなかなか楽しませてくれたよね。でも、私への借りはいつ返してくれるの？」

シャルロッテは胸の前で腕を組んで、ふんと視線をそらした。

「借りならいずれ返す。目障《めざわ》りじゃ、帰れ」

「そう言われると、もっと居座って邪魔したい気分になるの」

「まったく腹の立つ女じゃな‼」

「遊んでくれる？　あの夜みたいに」

睨《にら》み合うシャルロッテとララの間に、火花が見えそうだ。

これはまた、騒々しいことになったな……。

「なあ二人とも、『借り』って何の話だ？」

「女の話じゃ。旦那さまは気にせずともよい」

「その旦那さまのための薬なのに？」

「なんだって？」

「腹痛を治すための薬をあげる代わりに、ダークエルフは私に借りをひとつ作ったの」

ララがくすっと笑う。

「あのとき、本当は分けてあげなくてもよかったんだけど。でも、私と真っ当に渡り合える人は久しぶりだったから、楽しくなっちゃったの。だから、貸しひとつで分けてあげることにしたの」

「ふん、渡り合うじゃと？　わらわはものすごーく手加減してやったのじゃ」

「あーあ。可愛くないの」

シャルロッテは忌々《いまいま》しそうな顔で、眉間《みけん》に皺《しわ》を寄せた。

どうやら、ララの話は事実らしい。

……そうか。

シャルロッテ、あんなに怒ってたララに頼んでくれたのか……。

俺の薬のために……。

「やっぱりますます待つのが嫌になったの。いずれじゃなくて、いま返して」

「なんじゃと」

「ララ。シャルロッテが薬を欲しがったのは、俺のためだ。だから、借りなら俺が返すよ」

「だめじゃ、旦那さま。あれはわらわが勝手にしたこと。旦那さまが責めを負う必要はない」

「……ふうん。魔女は天邪鬼だけど、ここは提案を呑んであげたほうが面白そうなの。そうね……、このひと、ララにちょうだい？」

このひと。

そう言ってララが杖《つえ》を向けたのは……。

「……え？　俺？」

ララが無言でこくりと頷く。

え。

なんで俺……!?

「んなっ!?　だ、だめに決まっておろう!?　わらわの旦那さまは、わらわひとりのものじや‼」

「約束を反故《ほご》にするのがダークエルフの流儀？　それにだめって言われるとますます欲しくなるの」

「別に約束を反故にする気などないわ。ただ他の願いにするのじゃ！」

「いやなの。そのひとがいいんだもの」

「旦那さまはやらん！　だめったらだめじゃ‼」

「あらあら、まあまあ。シャルロッテちゃん、いつの間にかこんなに仲のいいお友達ができたのね」

「仲良くなど‼」

「ないの」

アリアドネの声に、シャルロッテとララの返事が重なる。

でも俺も、アリアドネの言うとおり……。

「とにかく去れ！　この腐れ魔女め！」

「ふん。だったら、キミを魔法で蹴散《けち》らして、奪っていくよ」

勝手に俺を取り合いながら、二人の戦いが始まった。

でもどちらも致命傷を与えるほど、渾身《こんしん》の力で戦ってるわけではない。

牽制《けんせい》し合っているというか……。

なんか子犬が甘噛み し合ってるみたいな感じだな……。

「勇者くん。ふたりは私が見ているから、水場探しを続けてきてもいいですよ？」

「いいのか？　アリアドネ」

「はい、ふたりとも仲良く遊んでいますし、問題ないですよ」

アリアドネは、まさに妹の喧嘩を見守る姉といった表情でふたりを眺めている。

幼稚園の先生みたいだよな、アリアドネ。

コボルトたちの面倒も見てくれて、いつも助かっている。

俺は、ちらりとふたりのほうを見た。

どうせこのまま決着が着くことはないだろう。

「それじゃあ、頼む」

俺はそっとその場を離れて、ひとりで水の供給源探しに向かった。

しばらく辺りを歩き回ると、谷の下に小川を見つけた。

やっぱり、読みどおりだな。

今度は鑑定スキルで、ちゃんと飲める水かも確認する。

問題はない。

上流のほうを見ると、子鹿のような魔物が水を飲んでいる。

俺も、試しに両手ですくい上げて飲んでみた。

美味しい。

冷たい水で喉《のど》を潤《うるお》していると、先ほどの子鹿が俺をじっと見つめていた。

「この水、分けてもらってもいいか？」

そうお伺《うかが》いを立てると、子鹿は耳を小刻みに動かして、また水を飲み始める。

まるで、いいよって言ってくれているみたいだ。

「ありがとう」

そう言って、持ってきた水筒に水を汲《く》む。

水場を見つけたと知らせて、シャルロッテたちにも飲ませてやろう。

それからしばらくして、昼食をとった場所へ戻ると、シャルロッテとララはまだ飽きもせず戦い続けていたのだった――。

第十六話✦海の覇者、強襲～『最愛の妻』を奪還せよ～❶

二回目の種まきを終えてから、およそ二週間ほどが経《た》ったころ。

順調に生長していた作物は、そろそろ収穫できそうな頃合だ。

八裂菜《はちれつさい》は見た目にも鮮やかな緑色。

デビルトマトは真っ赤に熟れて、つやつやと光を弾《はじ》いている。地獄かぼちゃは実が詰まって、試しに持ち上げてみるとずっしり重い。

地獄かぼちゃも、しっかり実が詰まって、試しに持ち上げてみるとずっしり重い。

うん、どれもうまそうだ。

ミノタウロスと相談し、数日中に収穫をしようかということになった。

これが、記念すべき一回目の収穫だ。

そのことを話すと、シャルロッテは大喜びした。

「旦那《だんな》さま！　それでは、祭りをやろう！」

「祭り？　収穫祭ってことか？　でも、そうだな。せっかくだし、みんなで大々的に祝うのも面白そうだ」

アリアドネやミノタウロス、ヨルムンガンドに相談すると、彼らも賛同してくれた。

そんなわけで、そこから数日は、みんなであれこれと準備をした。

そして収穫祭を明日に控えた午後――。

俺は最終チェックも兼ねて、死の谷付近にできた村や、農場を見て回った。

最初に訪れたのは、オークたちのところだ。

彼らはキャンプファイヤー用の木を、森で集める役を任《まか》されている。

「あ！　兄貴！」

「おつかれさま。何か問題ないか？」

「準備は問題なく進んでますぜ！」

「ならよかった」

俺は、積み上げられた木を見上げる。

燃えやすそうな小枝と、比較的長めの枝。

それに、骨組みに使うための太めのものも。

どれも、よく乾いていそうな木材が集められている。

さらに紅松《べにまつ》ぼっくり。

これは、松やにが優秀な着火剤になるのだ。

ちゃんと指示した通り、かさが開ききったものを選んでくれているのがわかった。

面倒な仕事を頼んでしまったが、オークたちは楽しそうだ。

「にしても兄貴。お祭りなんて、絶対、暗黒大陸の有史以来初めてのことっスよ。しかも多種族が入り乱れた宴《うたげ》なんて、いまだに信じられねぇっス」

「え？　そうなのか？」

「魔族は群れたりしない種族ですから。群れるより、殺し合うって感じで、長年やってきましたし！」

群れるより、殺し合うか。

たしかに村ができたばかりの頃は、みんなそんな感じだった。

でも最近はだいぶ揉《も》め事も減ってきている。

交換所は常に大繁盛《だいはんじょう》だしな。

「いやぁ、ほんと楽しみっス。『キャンプファイヤー』なるものも、実際どんな感じになるのか、すげー気になりますし！」

ちょうどそこへ、ヨルムンガンドとミノタウロスがやってきた。

二人は収穫祭の会場まで、木々を運ぶ役目を担《にな》っている。

「収穫祭を楽しみにする気持ちだったら、おれたちも負けねぇよ？」

「うむ。待ちに待った初めての収穫だからな」

二人の言葉に、俺も頷《うなず》く。

みんな収穫を楽しみにしてきたもんな。


さて、今度は森を出て村へ向かう。

村ではコポルトやゴブリンたちが、収穫祭のための飾りつけをしていた。

アリアドネは、今日も幼稚園の先生のように彼らを見守っている。

今もちょうどゴブリンたちに、飾り用の花を渡しながら指示を出していた。

「あら、元勇者くん。ちょうどいいところに来ましたね。はい、どうぞ」

「ん？　なんだ？」

アリアドネから手渡されたのは、手編みらしき小さな籠《かご》に盛られた木苺《きいちご》だった。

「コボルトちゃんたちが、森で摘《つ》んできてくれたの」

「あたちたちが見つけたのヨ！」

「元勇者さま！　たべて、たべて！」

コボルトたちがもふもふと足元に集まってくる。

赤い宝石の粒が寄り集まったような木苺は、小さいけれど、口の中に放り込むとみずみずしくて甘酸っぱい。

ぷちぷちとした種の食感も楽しくて、美味《おい》しかった。

「よかったら、お祭りに出してもいいかしら？」

「もちろんだ。これも収穫だしな」

「やったー！」

コボルトたちが飛び跳ねて喜ぶ。


アリアドネたちにもらった木苺をつまみながら、俺は、次の場所に向かうことにした。

目指したのは、魔女の家だ。

だが、呼び鈴を鳴らしても、相変わらず反応がない。

また留守にしてるのか？

……でも収穫祭の前日は、家で準備をしてるって言ってたよな？

実はララにもひとつ、かなり重大な仕事を任せていた。

ただ、そうなるまでには、紆余曲折《うよきよくせつ》があった。

最初、収穫祭の誘いをかけた時、ララには即座に断られてしまった。

それなら仕方ないと諦《あきら》め、他のみんなと祭りの準備を始めていると……。

めちゃくちゃプリプリしたララが、村へと降りてきた。

「私をのけ者にして、つまらなさそうなことをやっているの。ああつまらなさそう。交ぜられなくてよかった。いまのうちに呪いをかけて、お祭りをだいなしにしちゃうの」

「のけ者にしてって……」

……さっきは断られたよな……？

本当に天邪鬼《あまのじやく》で、困ったやつだ。

でも、できればララにも参加して楽しんでほしかった。

薬のお礼もあるし。

……ララにも参加してもらえるよう、ちょっと説得してみるか。

「台無しにされるのは困るなー。特に、祭りの終盤にあることをされると、とても困るなー。

困りすぎて、魔女の偉大さを認めざるをえないかもしれないなー」

するとララはちらちらと俺のことを見た。

「そ、それってなあに……。何をされると困って私の偉大さを知っちゃうのか、言ってほしいの……」

ちょっと棒読みになってしまったが、ララは気づかなかったようだ。

俺はララにしてもらいたい仕事を、ひそひそと耳打ちした。

ララは数秒間迷ったあと、にんまりと笑った。

「ふうん。そういうことをされると、私の偉大さを思い知るの……。……じゃあやってあげるよ」

こうして、ララも収穫祭に参加することになったのだった。

——それが、数日前の出来事。

「なのに、なんでいないんだ？」

「そんなの、ちゃんと進んでるのか、キミを不安にさせたいからに決まってるの」

「うわっ」

突然背後から答えが戻ってきた。

振り返るとララが、してやったりという顔をして立っていた。

「なんだ、いたのか」

ちゃんとやってるか不安にさせたかった、ってことはちゃんとやってるんだな？

それさえ確認できれば十分だ。

「ほんと不安だなー。不安でたまらないなー」

「ふっふーん！　もっともっと不安がるといいの！」

俺は相変わらずの棒読みでそう伝えてから、ララの家を後にした。

最後に目指したのは海辺だ。


収穫祭の料理を担当しているシャルロッテは、海で、明日のための食材集めをすると言っていた。

そういえば……海に行くと言ったとき、なんだか元気がなかった気がするな。

『旦那さまのために、いままでお出ししたことのない、特別な料理を作ってあげたいのじゃ』

なんて言ってたけど……。

シャルロッテを手伝うつもりで、砂浜に降り立った時——。

「きゃあッ……！」

岩場のほうから悲鳴が聞こえてきた。
シャルロッテの声だ――。
そう気づいた途端、俺は全力で声のしたほうに、走り出していた。

第十七話✦海の覇者、強襲～『最愛の妻』を奪還せよ～❷

シャルロッテの悲鳴を聞いた俺は、砂浜を走り抜け、岸壁の裏側へと回った。

そこで目にしたのは……。

「……！」

沖合で、クラーケンに捕らわれたシャルロッテの姿だった。

巨大なクラーケンは、俺が建てた家よりもでかい。

そのクラーケンの足に、体をぐるぐる巻きにされたシャルロッテは、ぐったりとしている。

「シャルロッテ‼」

大声で呼びかけると、わずかに指先が動いた。

だが、それ以上の反応がない。

締めつけられすぎて気絶しているようだ。

助けなければ……！

そう思うのと同時に、クラーケンが、シャルロッテを高く掲《かか》げたまま沖へと移動し始めた。

俺も急いで海に飛び込んだ。

けれど水の抵抗がすごい。

くそ、満ち潮のせいか！

海の怪物は潮の流れなどものともせず、ぐんぐんと進んでいく。

まずい。

このままでは連れ去られてしまう。

「シャルロッテ……！　おい！　シャルロッテ！」

焦《あせ》りながら、何度も呼びかける。

シャルロッテが微《かす》かに身じろぎをした。

「シャルロッテ……‼」

弱々しい動きで顔を上げるのが見えた。

「……ん……？　……っ……旦那《だんな》さま……‼」

「シャルロッテ、クラーケンの足を切り落とすんだ！」

ララと戦っていたときの、シャルロッテの攻撃。

あれで十分なはずだ。

だが、胴体を拘束されたシャルロッテは、首を横に振る。

「む、無理じゃ……！」

「どうしてだ⁉」

両手は自由が効くはずなのに。

「お、落ちてしまう……」

「大丈夫だ、下はただの海だ！　ちょっと深いけど……」

「わらわは泳げぬ……！」

「え⁉」

シャルロッテの意外な弱点を初めて知る。

だから、海に行くと言った時、元気がなさそうだったのか……。

それならやっぱり俺が、助け出すしかない。

「旦那さま、だめじゃ！　クラーケンは危険すぎる、戻って――……」

「いいから、待ってろ、シャルロッテ！」

俺はとにかく必死で泳いだ。

クラーケンは岩場に巣を作る生物だ。

シャルロッテが海中に、引きずり込まれる心配はない。

けれど、シャルロッテの顔は真っ青だ。

あんなに怯《おび》えた顔を見たことがない。

本当に、海が怖いんだ。

……それなのに。

それほどまでに怖いのに、俺のために、海に食材を探しに行ってくれた。

特別な料理を作ってあげたいと、怖いのを我慢してまで……。

「霧《きり》が出てきた……旦那さま、こんな沖合で、旦那さまこそ溺《おぼ》れてしまう！」

「……大丈夫だから！」

俺が助ける。

待ってろ、シャルロッテ。

けれどクラーケンとの距離は開くばかりで……。

やがて、濃くなったコバルトグリーン色の霧にまかれ、クラーケンの姿を完全に見失ってしまった。

魔法で霧を払うこともできるが、万が一それを嫌って海に潜《もぐ》られては、シャルロッテが危ない。

全身ずぶ濡れで陸へ上がった俺は、深くため息をついた。

すぐにでもシャルロッテを探しに行きたい。

いや、だめだ、一旦落ち着こう……。

どうしたらいい？

落ち着いて考えるんだ……。

――クラーケンは個体ごとに巣を持つ。

それが厄介《やっかい》だ。

もちろん全知スキルで、クラーケンが巣を作りやすい場所を調べることはできる。

ただあのクラーケンの巣を、ピンポイントで調べる手段がない。

どうやってシャルロッテの居場所を突き止めればいい……？

俺は、祭りの準備を中断させ、すぐさまみんなを集めて相談した。

「……そんな……姫さまが……!?」

「ごめん……。傍《そば》にいたのに……護《まも》れなかった」

主《あるじ》の危機に、オークたちは騒然となる。

「た、たたたた大変だ!!　すぐに助けに行かねぇと……!!　でもどこへ!?　あ、兄貴ィッ
……！　どうしたら!?」

「大丈夫。必ず俺が助け出す。でもそのために、みんなの協力が必要なんだ。一刻も　早くシ

ャルロッテを見つけるために。なんとかしてクラーケンの巣を、特定したい。何か知っていることがあったら教えてほしい」

　すると、あちこちから声が上がった。

「この時間、この辺りの潮は東に向かって渦を巻くのヨ」

「あたちたち、みんな知ってるのヨ」

「そうなのヨ！」

「ああ、たしかにコボルトの言うとおりだ」

　ミノタウロスがコボルトの話に相槌《あいづち》を打つ。

「海の生き物は潮の流れに対して、無理に逆らったりはしないぜ、大将。東の海上を探してみたらどうだ？」

　提案してくれたヨルムンガンドに、俺は頷《うなず》き返した。

「そうしてみる。みんなありがとう」

「ありがとうなどと、他人行儀だぞ。元勇者」

「そうですよ。私たち、みんながシャルロッテちゃんを助けたいんですから」

　アリアドネが俺を励ますように、優しく笑いかけてくれた。

　……この情報があればきっと見つけ出せる。

　あとはシャルロッテが無事でいてくれれば……。

　でもクラーケンが巣に戻る前に、海へ潜ろうとしたら……。

　嫌な想像のせいで、息が詰まる。

「……」

「あ、あの兄貴……！　大丈夫ですよ……！　姫さまはとってもお強い！　それに姫さまの体は俺たちに比べて栄養素も少なそうですし、体も小さい。がっついて食べたくなるような餌《えさ》とは思えません！」

　オークの慌《あわ》てふためく言葉に、俺はふっと息を吐き出した。

「はは。それ本人に聞かれたら、八つ裂きにされるぞ」

「はっ、ついうっかり本音が……」

「日頃の恨《うら》み辛《つら》みが、ただ漏《も》れてしまったんじゃないか？」

　俺は少し笑いながら、心が軽くなるのを感じた。

　そうだな。

　シャルロッテは強い。

　クラーケンにあっさりやられるほど、ヤワではないはずだ。

「目指す場所が決まったなら、早く後ろに乗ってほしいの」

唐突に聞こえた声。

驚いて振り返ると、杖《つえ》を箒《ほうき》に変化させたララが、そこにまたがって俺を急《せ》かしてきた。

「え……。ララ、協力してくれるのか？」

ララは、つんとそっぽを向いた。

「そんなこと言われると乗せる気が失せるの。私は魔女らしくひねくれものなんだから、発言には気をつけてほしいの」

俺は苦笑しながら頷いた。

「そっか……そうだな……でもありがとう」

待ってろ、シャルロッテ。

いま、ララと助けに行くからな……！

第十八話✦海の覇者、強襲～『最愛の妻』を奪還せよ～❸

ララの箒《ほうき》は雲を突き抜け、薄紫色の空を、ぐんぐんと進んでいく。

猛スピードで箒を操るララは、真剣な顔つきをしていた。

その時、遠くの海原に小さな島が見えてきた。

五分ほどで一周できそうな、本当に小さな島だ。

俺の持つマップ生成スキルが、その島に目的の巣があることを探知する。

「ララ。――あれだ」

「え⁉　どうしてわかったの⁉　……うん、でも、了解したよ！」

「頼む」

俺の言葉を合図に、ララが乱暴に急降下し始める。

俺はララにしがみついたまま、必死に目を凝《こ》らした。

些細《ささい》なものも見逃さない。

木々の陰で何かが動いた。

「！　……見つけた」

しゃがみ込んで、小さく丸まっている少女——シャルロッテだ。

「返してもらうぞ、クラーケン。……あいつは、俺の『妻』だ」

急降下して風を切る箒の音を聞き、シャルロッテが顔を上げる。

もうその表情も見えるほど、距離は近い。

「シャルロッテ！」

「旦那《だんな》さま……！」

俺の声を聞き、シャルロッテが顔を上げる。

目を大きく見開いたあと、眉を八の字に下げて……。

ホッとしたようにくしゃりと表情を崩した。

「迎えに来た。帰るぞ！」

「う……はい、なのじゃ……！」

今にも泣きそうな顔をしたシャルロッテ。

魔女の箒から飛び降り、駆け寄るとシャルロッテが抱きついてきた。

「旦那さま‼」

その体を受け止める。

「怪我《けが》はないか？」

「旦那さまこそ、あの霧《きり》の中で無事だったのか!?　溺《おぼ》れたり、お怪我は!?」

「俺は大丈夫だ。それより、シャルロッテは」

「わらわもなんでもない。このとおりじゃ……」

俺から離れて両手を広げ、にこりと笑ってみせようとする。

だが。

「う……」

その手が、小さく震えている。

作ろうとした笑顔もぎこちない。

「シャルロッテ」

「こ……これは、その、筋肉痛じゃ！　いっぱい暴れたゆえ！　な！」

「強がるな。怖かったんだろう？」

「……！」

その瞬間、シャルロッテがぐっとくちびるを結んだ。

俺は、もう一度シャルロッテを抱き寄せる。

今度は、俺のほうから。

……本当に無事でよかった。

自分が心底ホッとしているのを感じて、俺はようやく気づいた。

シャルロッテという少女が、いつの間にかかけがえのない存在になっていたことに。

失いかけるまで気づかないなんて馬鹿だけど……。

毎日傍《そば》にいてくれて、尽くされて、その結果ほだされた、と言ったらそうなのだろう。

それでも彼女は俺の大切な――……。

「……だ、旦那さま?」

その大事な存在が、俺の腕の中で戸惑《とまど》ったように声を上げる。

「どうしてぎゅってしてくれるのじゃ……」

「そんなの……安心させたいからに決まってるだろう。シャルロッテ。もう、大丈夫だから」

「……っ」

シャルロッテは、俺の腕の中で嗚咽《おえつ》をこぼし始めた。

洟《はな》をすする声も聞こえる。

俺はその華奢《きやしや》な背中を、あやすように、とんとんと叩き続けた。

「ねえ、そこのいちゃいちゃバカップル。すぐに離れないと、またクラーケンが戻ってくると思うの」

　ララにそう言われたが、逃げるつもりはない。

「願ったりだ。ここで、迎え撃つ」

「え……？　まさか戦う気なの？」

「旦那さま……！　クラーケンは海の怪物の中でも、かなり厄介《やっかい》なやつなのじゃ……」

「構うものか。それにほら。──やつがやってきた」

　海の向こうからグングン波を蹴立てて、近づいてくる物体がいる。

　自分の巣に侵入者が現れたことを察知したのか。

　猛スピードで舞い戻ってきたクラーケンが、波しぶきを上げながら体を海上へ出した。

「──来たな、クラーケン」

　俺はシャルロッテを離して、クラーケンに向き直った。

「旦那さま、もういいのじゃ……。助けに来てくれただけで十分じゃ。もう帰ろう……！」

「いやだ」

「だ、旦那さま……？」

　シャルロッテが「帰ろう」だなんて、やっぱり、よほど怖かったんだろう。

　だからこそ、帰るわけにはいかない。

「祭りには、供物《くもつ》が必要だ。そうだろう?」

なぜかシャルロッテが怯えた顔で、ビクッと肩を揺らした。

「なんじゃ……? 旦那さまの雰囲気が、いつもとまったく違う……」

「そうかもな。俺はいま、結構頭にきている」

「え……?」

「もちろん、クラーケンに対してだよ」

ここまで頭にきたのは、数百年ぶりかもしれない。

だって久しぶりにこんなに焦《あせ》った。

シャルロッテの命が関《かか》わってなければ、それも新鮮と楽しめたかもな。

だけど、こいつは俺を怒らせた。

しっかりその責任をとってもらいたい。

「頼むから、簡単に倒れないでくれよ」

じゃないと、俺の気がすみそうにないからな。

右腕をすっと前に伸ばし、俺は詠唱《えいしょう》を始めた。

「――生命奪いし永劫《えいごう》の氷塊《ひょうかい》――」

拳を作った腕に、力とともに冷気が集まっていく。

俺の腕を氷が覆《おお》い、どんどん分厚くなる。

ぱきぱきと氷の鳴る音がして、それはすぐに巨大な氷塊となった。

だが、俺の内側にある怒りの熱は収まらない。

静かに、煌々《こうこう》と燃え上がる。

怒りの矛先《ほこさき》は、突っ込んでくるクラーケン、おまえだ。

構える拳。

クラーケンの触手が襲い掛かってくるのをたやすくよけて、俺は腰を落とした。

次に、跳躍。

クラーケンの脳……目の下に向けて、俺は拳を振り下ろす。

「我の求めに従い、絶対零度の剛拳となれ――冷獄《ヘルヘイム》」

そして、思いっきりぶん殴った。

『～～!!』

超音波のような甲高《かんだか》い悲鳴。

クラーケンの巨体がぐらりと揺れて、触手の先までぴんと伸びる。

その一拍後、力の抜けた体。

クラーケンは、砂浜の上に地響きを上げて倒れ込んだ。

「しゅ、瞬殺じゃと……!?」

「ララもさすがにびっくりなの……。だってあのクラーケンの中でも、もっとも狙《ねら》いづらい脳天を攻撃して、一撃で仕留《しと》めるなんて……」

シャルロッテとララは唖然として俺を見ているが、俺はまだ全然暴れたりなかった。

「やれやれ……」

呟《つぶや》きながら、こきりと首を鳴らす。

……やっぱり、簡単に倒れてしまったか。

まあいい。

シャルロッテを連れて、家に帰ろう。

俺の……、いいや俺たちの家に。

第十九話 ✦ 収穫の宴

ララの箒《ほうき》に乗って農場へ戻った俺とシャルロッテを、みんなは大喜びして迎えてくれた。

「姫えええっっ……ほんっ……本当にっ……心配したんすよォォォッッ……!!」

オークたちのむせび泣きが響き渡る中、コボルトとゴブリンは手を取り合って、はしゃいでいる。

シャルロッテに怯《おび》えていたはずのヨルムンガンドまで、その輪に加わっていた。

──一息ついたあとは、中断していた祭りの準備を再開した。

俺は今度こそシャルロッテを手伝い、彼女の代わりに海へ食材取りへ。

シャルロッテは遠慮していたが……。

「あー……こういうとき、協力するのも夫の務め？　……なんじゃないかな。……や、よくわからないけど」

俺がそう言うとシャルロッテは真っ赤になり、もじもじしながら、ようやく頷《うなず》いてくれた。

そして翌日、いよいよ迎えた収穫祭。

魔族たちとの宴《うたげ》は、夜も更《ふ》けたころ、赤い月明かりの下で始まった。

地獄カボチャをくりぬいて作ったランタンが輝き、会場となる農場を照らし出す。

柔らかな光が畑に、木々に、その土に降り注いでいる。

よく知る農場が、今日ばかりは少し、幻想的な空気を帯びて見えた。

辺りを囲む出店からは、食欲をそそるいい匂《にお》いがした。

小さな魔物たちの家々を手作りの花飾りが彩り、収穫した野菜の葉でお面を作ったコボルトたちが、きゃっきゃと笑いながら駆けてゆく。

長く伸びたその影に追い抜かれ、俺がふと振り返ったとき、「兄貴!」と声をかけられた。

屋台の前でオークが手を振っている。

「ちょうどよかった! たったいま鳥が焼けたところッスよ、おひとつどうぞ!」

差し出された銀色の串には、柔らかそうな丸丸鳥《まるまるどり》の肉と、八裂菜《はちれつさい》が交互に刺さっていた。

飴《あめ》色のタレを塗って、こんがりと焼き上げられたそれを前にした瞬間、思わず腹が鳴った。

「うまそうだな。お代は?」

「兄貴から取るわけないッス!!　兄貴の畑で獲《と》れたんですから、しっかり味見してください」

「ありがとう。みんなに宣伝しておくよ」

「まいどッス!!」

湯気が上がって見るからに熱そうな鳥串を手に、俺は再び歩き出した。

「あちち……っ」

あつあつの肉を頬張りながら、はふはふと息を吐いて堪能《たんのう》する。

肉と野菜の味ももちろん、炭火の匂いがたまらない。

オークたちが、炭にする木材を前々から集めておいてくれたおかげだな。

俺は、夜闇の中、祭りを歩きつつ、ぐるりと辺りを見渡した。

忙しそうに、けれども楽しそうに屋台を切り回すオークたち。

ゴブリンたちはその後ろで炭の火を起こしたり、野菜を切ったりと、手際《てぎわ》よく働いている。

ミノタウロスとアリアドネの姉弟が出しているのは、切り株をテーブルにしたお菓子店だ。

行儀よく順番に並んだコボルトたちは、その手に毒蛇苺《どくへびいちご》のキャンディや、お化けクッキーを受け取るたび、目を輝かせた。

中央に組み上げたキャンプファイヤーの周りでは、ヨルムンガンドや、出店当番外の面々が、楽しそうにダンスをしている。

空を見上げると、シャルロッテの父親が遣《つか》わせたのかハーピィたちと目が合った。

それに、いつかのかまいたちも集まってきた。

「へへっ、旦那《だんな》ァ！　噂を聞きつけて遊びに来ちまいやしたぜ！　おっと安心してくだせェ。火を消さねェよう、俺たちかまいたちは、上空から祭りに参加させてもらいまさァ！」

かまいたちとハーピィは、手を取り合って、くるくると空の上のダンスを楽しんでいる。

みんなの楽しそうな顔が、キャンプファイヤーの灯《あか》りに照らされるのを見て、俺の心もじんわりと温かくなった。

ダンスを踊る者、はじめて収穫した野菜を食べる者、様々だけれどみんな笑顔だ。

……なんだか感慨《かんがい》深くなってきたな。

俺が暗黒大陸に来て、二カ月。

まさか魔族と一緒に、キャンプファイヤーをやることになるなんて……。

ちょっと前までは、勇者として彼らに敵対する職業だったのに。

自分で自分に驚きだ。

だけど……。

それでも俺はこの生活が、とても気に入っている。

ここに来てよかったと本気でそう思えた。

魔族は基本的に喧嘩っ早くて、戦闘好きだけど。

いいところもいっぱいあったしな。

六〇〇歳の年寄り臭《くさ》く、しみじみそんなことを考えていると……。

「旦那さま！　いつまで輪の外で、たそがれているつもりじゃ！」

ぷっくりと頬を膨《ふく》らませたシャルロッテが、俺の傍《そば》へやってきた。

今日のシャルロッテは、髪を高い位置でふたつのお団子《だんご》にしている。

いつもと違う、華やかなドレスも、よく似合っていた。

長いスカートは、シャルロッテが動くたび、ふわふわと柔らかく跳ねる。

ダークエルフのお姫様――、彼女が妖精であることを俺は今さらながらに思い出した。

「それにじゃ！　祭りのダンスに妻を誘わない夫などおらんわ！」

そう言って、俺の腕にぎゅうっと抱きついてきた。

「わらわは旦那さまから誘われるのを、ずぅーっと楽しみに待っておったのに！」

俺は小さく笑みをこぼした。

昨日散々な目にあったのに、元気だな。

「まあ、真面目《まじめ》な旦那さまのことじゃ……ダンスなんて、誘ってくれるわけないとは思っておったが……」

急に萎《しお》れたシャルロッテは、俺に背中を向け、後ろに手を組んだ。

「なあ、シャルロッテ」

ある提案をしようと、声をかけたそのとき――……。

「……む？」

気配を感じたのか、シャルロッテが空を見上げる。

俺もつられて上を見て、ああ、そんな時間かと納得した。

「魔女の力、思い知るといいの……それっ！」

彗星《すいせい》のように現れたララが、ステッキを振る。

すると、星を砕いたような光がぱちぱちと散って――、その光が、花火になった。

「ふわあ……なんてきれいなのじゃ……！」

空で何度も爆《は》ぜて、咲き誇る大輪の花。

暗黒色の夜空が鮮やかに輝く。

「旦那さま！　すごいのう！　ララのやつ、やってくれるわ！」

「ああ、ほんとだな」

「わぁ！　また咲いた！　きれいじゃ！　とってもきれいじゃ！」

目をキラキラさせたシャルロッテが、うれしそうに空を指さす。

「……シャルロッテ」

「……旦那さま？」

「誘わなくて悪かった」

俺は、シャルロッテに手を差し出す。

「ダンスぐらいは、付き合うよ」

「……‼」

シャルロッテの笑顔が、花火のようにパアッと咲く。

うっかり見惚《みと》れてしまったことに、たぶん彼女は気づいていない。

「三〇〇年前に踊ったきりだから、ステップの踏み方を覚えているか怪《あや》しいが……。それでもいいか？」

「もちろんじゃ！　なんならわらわが教えてしんぜよう、魔族に伝わる暗黒大陸風のダンスを！」

「はは。それ、ちょっと興味あるかもな」

俺は軽く肩をすくめてから、シャルロッテの望むとおり手を差し出したのだった――。

暗黒大陸への上陸と農場作り、それに伴う数々の出来事についての物語は、これでおしまい。

これから先も俺は、助けを求めてきた海賊と一緒に、幽霊船相手に秘宝を奪い合ったり、魔女の集会に巻き込まれたり、海底遺跡を発見したり……。

そんな冒険が続いたりするのだが、それはまた別の話だ。

今はただ、祭りの夜を、仲間や妻と一緒に、楽しんでいるのだった。

◇　◇　◇

『経験値入手。次のレベルまであと400……300……200……100、50、10、0……』

――ピロンッ。

レベルアップ！

『魔王レベル15』↑new！

あとがき

こんにちは、斧名田《おのなた》マニマニです。

このたびは『異世界でダークエルフ嫁とゆるく営む暗黒大陸開拓記』を、お手に取っていただきありがとうございます。

初めてのファンタジー作品ということで異様に気負った結果、「あれ、これって方向性あってるのかな……?」と悩みはじめて、何カ月もグルグルし、「書いているものが面白いかつまらないかわからなくなりました……!」と担当さんに泣きついたりしましたが、なんとか出版まで漕《こ》ぎつけられて本当に良かったです……。


それでは少しずつですが、登場人物の裏話を書いていきたいと思います。

まずは【元勇者】。

もともとゲテモノ料理は意外といけるタイプ。実はキャラクター名をつけてあるのですが、ゲームに出てくる名もなき勇者っぽくしたかったので、作中では一度も出てきません。藤《ふじ》ちょこさんのラフを見せてもらったとき「おまえこんなイケメンだったのか！」と驚きました。

【シャルロッテ】。

幼児体型でムチムチなチョロインです。本編でも触れたような気がしますが、花嫁修業をせっせとしていたため、家事全般が得意です。今まで書いてきたキャラクターの中で、一番自分の好みが出た気がします。エルフ耳が敏感なのはお約束ですね。

【アリアドネとミノタウロス】。

牛姉弟。アリアドネ、初期の設定は全然変態キャラではなかったのですが、なんだか違うなと感じて、キャラを一新させました。そういえば執筆で苦労したのも二人の登場シーンだったな……。ミノタウロスがベジタリアンって設定はノリでつけました。後悔はしてないけれど、思い出すたびちょっとニヤニヤしてしまう。

【ララ】。

ララは書くのが一番楽しかったキャラクターです。気まぐれでひねくれもので、意地悪な女の子。昔のアニメの悪役っぽい感じをイメージしました。顔にそばかすがあって、男の子みたいな顔をしている設定でした。


さて少々私信になってしまいますが、お礼を言わせてください。

イラストレーターの藤ちょこ様、魅力的なキャラクターたちをありがとうございました！細部までとても手の込んだ可愛らしいデザインで、何度も繰り返し眺めてはニヤニヤしております。

また担当Hさん、デザイナーさん、営業担当さん、編集部の皆さん、校正さん、関わってくださったすべての方に、全力を込めてありがとうございます！

そして何よりも、この本を手に取ってくださったあなたに心からの感謝を！

最後にどうでもいい私の近況ですが、カリカリ梅を食べていたら突然、前歯がかけました。けっこうがっつりと。

十月某日　ひとりスピルバーグ祭りをしながら　斧名田マニマニ

ダッシュエックス文庫

異世界でダークエルフ嫁と ゆるく営む暗黒大陸開拓記

斧名田マニマニ

2017年11月27日　第1刷発行

★定価はカバーに表示してあります

発行者　鈴木晴彦
発行所　株式会社　集英社
〒101−8050　東京都千代田区一ツ橋2−5−10
03(3230)6229(編集)
03(3230)6393(販売／書店専用) 03(3230)6080(読者係)
印刷所　株式会社美松堂／中央精版印刷株式会社

ISBN978-4-08-631216-5 C0193

死んでも死んでも死んでも好きになると彼女は言った

斧名田《おのなた》マニマニ
イラスト／竹岡美穂

陵介《りょうすけ》が出会ったのは、夏の三ヶ月しか生きられない美少女・由依《ゆい》だった――。鎌倉を舞台におくる、今世紀もっとも泣けるラブコメディ。

死んでも死んでも死んでも忘れないと彼女は泣いた

斧名田《おのなた》マニマニ
イラスト／竹岡美穂

夏の三ヶ月しか生きられない由依と、一年後の再会を誓った陵介。約束の日、待ち合わせ場所に現れたのは、信じがたい姿の彼女で…。

マヨの王
～某大手マヨネーズ会社社員の孫と女騎士、異世界で《密売王》となる～

伊藤ヒロ
イラスト／うなさか

痴漢の冤罪をかけられて絶望した高校生が、転生した異世界の闇社会で成り上がっていく……禁断の調味料マヨネーズの力で!!

カンピオーネ！ XXI 最後の戦い

丈月 城
イラスト／シコルスキー

神と神殺しをめぐる世界の真相がすべて明らかになる時、最後のカンピオーネ護堂はある思惑を抱いて…？ 大人気シリーズ完結編。

異世界Cマート繁盛記5
新木 伸
イラスト／あるや

異世界Cマート繁盛記6
新木 伸
イラスト／あるや

【第4回集英社ライトノベル新人賞特別賞】
幻想戦線
暁 一翔
イラスト／ニリツ

輪廻剣聖
持ち手を探して奴隷少女とゆく
異世界の旅
多宇部貞人
イラスト／あずーる

インスタントラーメンが大ブーム！　異世界の人たちは、ぱんつをはいてなかった!?　常連が増えて楽しい異世界店主ライフ第5弾！

砂時計にコピー用紙に竹トンボまで、今日も現代アイテムは大人気。今度はおまつりで現代の屋台を準備してみんなで楽しんじゃう！

戦争を終わらせるために兵士になった少年と、不戦国家である事を選んだ女王。相反する道を歩む二人が出会うとき、運命は動き出す…。

正義を貫いて命を落としたら、邪神から世界を救う聖剣に転生した!?　奴隷の少女をお供に、使い手となる持ち主探しの旅に出る…！